Alice et le violon tzigane

Retrouvez *Alice* dans la Bibliothèque Verte

Alice et le chandelier
Alice et les faux-monnayeurs
Alice au manoir hanté
Alice et les diamants
Alice au ranch
Alice et la pantoufle d'hermine
Alice et le violon tzigane
Alice au bal masqué
Alice et le diadème
Alice et le carnet vert
Quand Alice rencontre Alice
Alice au Canada
Alice et les chats persans
Alice et la malle mystérieuse
Alice et l'esprit frappeur
Alice écuyère
Alice en Écosse
Alice chez les Incas
Alice et la réserve des oiseaux
Alice et la rivière souterraine
Alice à Venise
Alice et la poupée indienne
Alice chez le grand couturier
Alice et le cheval volé
Alice chez les stars
Alice et le fantôme de la crique
Alice et l'architecte diabolique
Alice et la dame à la lanterne

Caroline Quine

Alice et le violon tzigane

Traduction
Anne Joba

Illustrations
Marguerite Sauvage

HACHETTE
Jeunesse

Alice

Jeune détective de choc, extrêmement perspicace et courageuse pour ses dix-huit ans. Au volant de son cabriolet, elle se lance dans des enquêtes toujours trépidantes... quitte à affronter des adversaires aussi malhonnêtes que dangereux !

Marion

Le garçon manqué de la bande. Avec Bess, c'est la meilleure amie d'Alice... Grande sportive, elle a le goût de l'aventure, et ne dit jamais non à une bonne enquête !

Bess

C'est la cousine de Marion. Gourmande, coquette et aussi un peu timorée, elle finit cependant toujours par suivre ses amies dans les aventures les plus risquées...

James Roy

Le père d'Alice.
Ce célèbre avocat prête souvent main-forte à sa fille dans ses enquêtes… quand ce n'est pas Alice qui l'aide à résoudre les énigmes les plus ardues !

Ned

Lorsqu'il n'est pas retenu par ses épreuves sportives ou par ses cours à l'université, ce beau jeune homme aide les trois amies à résoudre les mystères les plus ténébreux… pour le plus grand plaisir d'Alice !

L'ÉDITION ORIGINALE DE CE ROMAN A PARU
EN LANGUE ANGLAISE CHEZ GROSSET & DUNLAP,
NEW YORK, SOUS LE TITRE :

THE CLUE IN THE OLD ALBUM

Traduction revue par Anne-Laure Estèves.

Hachette Livre, 43, quai de Grenelle, 75015 Paris.

chapitre 1

Le sac volé

Des applaudissements frénétiques ébranlent l'auditorium de River City rempli à craquer. Ravissante dans sa robe blanche, Alice Roy frappe dans ses mains avec ferveur pour saluer le talent d'Alfred Blackwell, violoniste de réputation mondiale.

— Il a vraiment bien joué cet air de musique tzigane ! murmure la jeune fille à l'oreille de son père, assis à sa gauche.

L'artiste revient sur scène, cale son instrument sous son menton et lève son archet. Comme il reprend les premières notes de la mélodie qui a déchaîné l'enthousiasme du public, Alice, surprise, entend une femme aux cheveux blancs étouffer un sanglot. Celle-ci semble transportée par la musique et des larmes silencieuses coulent sur ses joues.

À cet instant, la jeune fille voit un homme aux cheveux noirs tendre la main vers le sac à main que l'auditrice passionnée a posé à ses pieds. Il le glisse discrètement sous sa veste, se lève aussitôt et s'éloigne en direction de la sortie.

— Papa, dit Alice tout bas, cet homme vient de voler un sac ! Il ne faut pas le laisser s'échapper !

Avant que M. Roy ait le temps de réagir, sa fille passe devant lui et se hâte à son tour vers la porte du fond. C'est alors que l'homme se retourne. À l'expression déterminée de la jeune fille, il comprend qu'elle l'a pris sur le fait. Il se met donc à courir, bouscule l'ouvreuse et se rue dans le hall. Quand sa poursuivante parvient dans l'entrée, il a déjà disparu.

Alice se retrouve face à trois portes. Elle prend au hasard la première au pas de course. Tout à coup, au détour d'un couloir, elle aperçoit le fuyard. De toute évidence, il s'est arrêté pour inspecter son butin.

— Lâchez ça ! ordonne la jeune fille, en accélérant.

L'homme hésite, puis, après en avoir vidé le contenu, lance le sac à terre et franchit une issue de secours, qui débouche sur une ruelle. Alice court jusqu'à la porte, mais lorsqu'elle l'atteint, à peine quelques secondes plus tard, le voleur

est loin. Bien que déçue, elle renonce à le suivre et se baisse pour ramasser le sac. Du hall, un bruit de voix lui parvient. Ce sont M. Roy et l'inconnue, affolée, qui arrivent. À la vue du sac que la jeune fille tient à la main, la vieille dame s'écrie :

— Oh ! merci, merci !

— Je n'ai pas réussi à rattraper le voleur, avoue Alice.

— Ce n'est pas grave, du moment que vous avez retrouvé mon sac.

— L'homme a gardé ce qu'il y avait à l'intérieur...

Tendant le sac à la pauvre femme, la jeune fille lui raconte ce qui s'est passé. Les mains tremblantes, l'inconnue ouvre le fermoir. Malheureusement, le sac est vide.

— Il a tout pris ! Mon argent, mes clés et la photo de ma fille à laquelle je tenais tant ! Et une lettre aussi...

— Je vais appeler la police, déclare M. Roy en s'éloignant.

— Non, ce n'est pas la peine ! s'interpose vivement la victime du vol. Je ne veux pas attirer l'attention.

En sa qualité d'avocat, le père d'Alice insiste :

— Vous avez tout intérêt à porter plainte, madame, sinon on ne pourra rien faire pour retrouver vos biens et le voleur continuera ses méfaits en toute impunité.

— Bon, c'est d'accord, cède la vieille dame à contrecœur. Que dois-je faire ?

— Pouvez-vous déjà me donner votre nom ? demande l'avocat.

— Je suis Mme Struthers, et j'habite au 3, avenue Kenwood. Heureusement que Mme Carol, la gouvernante, est à la maison. Sans cela, nous nous serions retrouvées à la porte.

— Vous pensez pouvoir identifier le voleur ? continue M. Roy.

— Non, je l'ai à peine aperçu, confesse-t-elle.

— Il doit avoir dans les trente, trente-cinq ans, intervient Alice. Il a le teint mat, des yeux noirs au regard perçant et une cicatrice sur le front.

— C'est peut-être l'homme qui était assis à côté de ma petite-fille et moi pendant le concert. Je ne lui ai pas vraiment prêté attention.

— Il a certainement repéré votre sac et profité d'un moment de distraction de votre part pour s'en emparer, commente la jeune fille.

— Probablement, approuve son interlocutrice, les yeux perdus dans le vague. C'est cette musique nostalgique...

Elle s'interrompt net, comme si elle regrettait

d'avoir trop parlé. Se tournant vers Alice, elle reprend :

— Excusez-moi, je suis encore bouleversée et j'ai oublié de vous remercier comme il se doit. Quel est votre nom ?

— Alice Roy, répond en souriant la jolie blonde aux yeux bleus. Et voici mon père, ajoute-t-elle en désignant avec fierté le bel homme qui se tient à côté d'elle.

Mme Struthers les dévisage avec une admiration non déguisée.

— Dans ce cas, ce n'est pas étonnant que vous ayez surpris mon voleur ! J'ai souvent entendu parler de vos talents de détective, mademoiselle.

L'intéressée rougit sous le compliment. Pour dissimuler son embarras, elle demande à Mme Struthers si son père ou elle-même peuvent l'aider en quoi que ce soit.

— Non, je vous remercie, affirme-t-elle. Je vais rejoindre ma petite-fille, Rose. Nous devions nous rendre à la réception que Mme Mazorka offre en l'honneur du violoniste, mais je ne m'en sens pas le courage après ce qui s'est passé.

— C'est pourtant une occasion rêvée de rencontrer M. Blackwell, dit gentiment Alice, pensant que cela distraira la vieille dame. Peut-être...

Elle s'arrête à la vue d'une fillette d'environ

douze ans, qui s'avance en esquissant un pas de danse. Celle-ci est d'une beauté frappante. Ses cheveux noirs ondulés encadrent un visage lumineux, où de grands yeux sombres brillent d'un doux éclat. Mme Struthers la prend par la main.

— Je vous présente ma petite-fille, Rose.

— Bonsoir ! lance l'enfant d'une voix claire en terminant sa chorégraphie par une gracieuse révérence. Ce concert était magnifique, pas vrai ?

La jeune fille sourit, amusée par la mine réjouie de Rose.

— Bonsoir, dit-elle. Oui, M. Blackwell est très doué, et j'ai hâte de le féliciter chez Mme Mazorka.

— On est invitées, nous aussi ! déclare Rose. On pourrait y aller ensemble !

— S'il te plaît, ma chérie, la gronde doucement Mme Struthers. C'est très mal élevé de s'imposer comme ça. Nous prendrons un taxi.

— Nous serions ravis que vous vous joigniez à nous, la coupe M. Roy. Je vais chercher ma voiture.

Rose lui emboîte aussitôt le pas et s'installe d'autorité sur le siège avant. Tandis qu'elle bavarde gaiement avec l'avocat, Mme Struthers, assise à l'arrière à côté d'Alice, lui confie qu'elle aimerait lui parler de quelque chose.

— Vous m'inspirez confiance, lui avouet-elle. Je voudrais que vous m'aidiez à élucider un mystère, qui me préoccupe depuis quelque temps.

— Avec plaisir, répond la jeune fille, tout heureuse à cette idée.

— Vous voulez bien venir prendre le thé chez moi demain ? J'aimerais m'entretenir avec vous en privé.

Alice accepte l'invitation sans hésiter. Quelques minutes plus tard, la voiture s'arrête devant le perron de Mme Mazorka et tout le monde descend de voiture.

L'hôtesse est connue dans la ville pour être un mécène cultivé. Elle a pris sous son aile plusieurs artistes, en particulier des musiciens. Vêtue d'une longue robe en velours gris, elle accueille ses invités avec sa courtoisie habituelle.

— Comme c'est gentil à vous d'être venus ! s'exclame-t-elle. Permettez-moi de vous présenter Alfred Blackwell.

En serrant la main qu'Alice lui tend, le violoniste a un clin d'œil amusé.

— Ah ! C'est vous qui m'avez volé la vedette pendant le rappel, en partant au pas de course, plaisante-t-il.

— Je n'ai pas cette prétention ! réplique-t-elle en riant. Mais j'aimerais remporter autant de succès que vous... dans mon domaine. En tout cas, j'espère avoir l'occasion de vous entendre jouer de nouveau...

— Et alors ! On m'oublie ? s'interpose Rose. J'ai l'impression de compter pour du beurre !

Après avoir serré vigoureusement la main du violoniste, elle s'éloigne en sautillant. Sa grand-mère et les Roy discutent encore un moment tout en gardant un œil sur elle. Cependant, au bout d'une heure, Rose commence à faire des siennes. Dans son excitation, elle bouscule un serveur, qui tient en équilibre une assiette pleine de petits fours et de verres de punch. Puis elle se met à danser au milieu du salon. La plupart des invités la dévisagent d'un air désapprobateur.

— Nous sommes prêts à partir, chuchote Alice à Mme Struthers, dont elle devine l'embarras. Si vous voulez, nous pouvons vous ramener chez vous.

Avec un soulagement visible, Mme Struthers accepte. Rose est trop indisciplinée ! En les déposant, l'avocat conseille vivement à la vieille dame de faire changer les serrures de sa villa, puis les Roy prennent le chemin de leur maison, entourée d'arbres et de massifs de fleurs. Alice fait part à son père de l'invitation de Mme Struthers. La perspective d'avoir une nouvelle énigme à résoudre l'enchante.

— Tu avais déjà entendu parler d'elle ? demande-t-elle.

— Très peu, répond l'avocat. Mais une chose joue en sa faveur : son flair dans le choix de ses détectives ! ajoute-t-il avec un sourire taquin. D'après ce que je sais, elle s'est installée à River City avec sa petite-fille il y a deux ans. Il paraît qu'elle est très riche et qu'elle voyage beaucoup. Pourtant, depuis qu'elle est arrivée ici, elle ne sort pratiquement plus de chez elle. Elle est triste et très réservée.

— Je me demande si ses ennuis sont liés à Rose..., dit la jeune fille pensivement.

— Possible. En tout cas, cette petite est très mal élevée.

— Elle est peut-être juste un peu trop vive...

— Oui, convient l'avocat en souriant. Tu as sans doute raison.

Le lendemain, la jeune fille se rend dans son cabriolet bleu chez les Struthers. Au passage, elle prend son amie Marion Webb, une jolie brune, mince et sportive, qui, prévenue par téléphone, s'est montrée aussi excitée qu'Alicc à la perspective de se lancer dans une nouvelle aventure.

— Tu es sûre que Mme Struthers ne sera pas gênée par ma présence ? s'inquiète-t-elle. Après tout, elle voulait te parler en particulier.

— Ne t'en fais pas, assure son amie. Je l'ai appelée et lui ai expliqué que tu m'aidais toujours dans mon travail de détective amateur.

Tout en discutant, elles arrivent devant une grande maison, située un peu à l'écart des autres villas du quartier. Une haute grille borde le vaste jardin. Les deux jeunes filles descendent de voiture et s'engagent sur la longue allée qui mène au perron. Tout à coup, un cri retentit derrière elles. Elles se retournent, mais... trop tard ! Avant même de savoir ce qui leur arrive, elles se retrouvent projetées au sol !

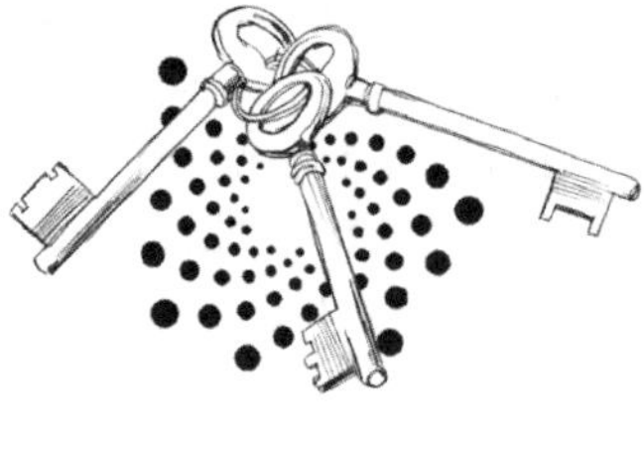

chapitre 2

La collection de poupées

— Aïe ! gémit Marion en se frottant le genou. C'était quoi, ce cyclone ?

Alice, déjà debout, époussette du revers de la main sa jupe couverte de poussière. Elle tend un doigt accusateur vers Rose, qui arrête enfin sa mobylette rouge vif.

— Voilà la coupable ! grogne la jeune fille.

La fillette saute de son deux-roues et s'approche des deux visiteuses en une glissade.

— Désolée ! bredouille-t-elle. Quand on prend de la vitesse avec cet engin, c'est dur de ralentir.

Puis, un peu tardivement, elle ajoute :

— J'espère que je ne vous ai pas fait mal.

Alice la rassure et la présente à Marion.

— Tu n'es pas un peu jeune pour conduire

une mobylette ? lance Marion, peu décidée à lui pardonner aussi facilement.

— On ne va pas assez vite en vélo, déclare Rose. J'ai donné le mien à un garçon en échange de ce bolide. Mais je me suis fait avoir, il ne marche pas bien.

— Qu'en pense ta grand-mère ? veut savoir Alice.

— Mamie n'est jamais d'accord avec ce que je fais de toute façon, marmonne la petite.

— Tu sais que tu n'as pas le droit de monter là-dessus ? Il faut avoir quatorze ans, reprend Marion, sévère.

Rose rougit de fureur, puis se met à rire.

— Je fais attention. Dès qu'un policier apparaît, je déguerpis ! Vous venez voir ma grand-mère ?

— Oui, répond Alice. Elle nous a invitées à prendre le thé.

— Je parie qu'elle va essayer de vous embobiner avec ses histoires de poupées ! les avertit Rose, avant de filer sans plus de façons de l'autre côté du jardin.

Loin de se laisser troubler par cette mise en garde, Alice est de plus en plus excitée à l'idée de renouer avec le mystère. Elle s'est déjà plusieurs fois lancée dans des aventures audacieuses. Son intuition et son courage, associés à l'expérience de son père, lui ont permis de résoudre bien des énigmes troublantes. Néanmoins, sa modestie la pousse toujours à reporter le crédit de ses succès sur ses amis qui, il est vrai, se mettent souvent en quatre pour l'aider. Ce jour-là, en appuyant sur la sonnette de la maison Struthers, elle se félicite d'être avec Marion.

— Je suis heureuse de vous revoir, mademoiselle Roy, dit Mme Struthers en ouvrant la porte toute grande. C'est l'amie dont vous m'avez parlé ? Je vous en prie, entrez.

Elles pénètrent dans un salon décoré avec beaucoup de goût. Des fleurs joliment disposées dans des vases aux formes originales égayent la pièce et, sur une belle table sculptée, un service à thé en argent semble les attendre.

Malgré son impatience d'entrer dans le vif du sujet, Alice réfrène sa curiosité.

— Votre petite-fille nous a parlé de poupées, dit-elle. Vous les collectionnez ?

— Et comment ! s'exclame Rose, qui fait irruption dans la pièce à ce moment-là. Mamie en a des centaines !

Elle paraît visiblement soulagée qu'Alice n'ait pas fait allusion à l'incident de la mobylette.

— Rose, ne crie pas si fort, la gronde Mme Struthers.

Se tournant vers Alice et Marion, la vieille dame leur explique que, depuis quelques années, son passe-temps favori consiste à rassembler des poupées anciennes. Elle en possède une collection venant du monde entier.

— Vous voulez les voir ? propose-t-elle. Les poupées peuvent nous apprendre beaucoup de choses si on sait les regarder d'un autre œil.

— Quoi par exemple ? s'informe Marion.

Mme Struthers les entraîne le long d'un grand couloir.

— Les coutumes, les habitudes des gens d'autres époques et d'autres pays, explique-t-elle en s'arrêtant devant une porte.

En entrant dans la pièce, les deux jeunes filles ont le souffle coupé. Devant elles, le long du mur d'une vaste salle, se dresse une immense vitrine en bois. Sur les étagères, des centaines de poupées sont disposées sagement, tandis que d'autres se pavanent sur des tables.

— C'est magnifique ! s'écrie Alice, époustouflée. Vous devez avoir là de véritables trésors.

Mme Struthers ouvre une des portes de la vitrine et choisit une vieille dame, les épaules couvertes d'un châle rouge et coiffée d'une pèlerine de soie noire. Un minuscule panier pend à son bras.

— Oui, j'ai eu la chance de tomber sur des

poupées rares. Celle-ci date du dix-neuvième siècle. Elle représente une marchande ambulante de Londres. Jetez un œil à ce qu'il y a dans son panier.

Les deux amies contemplent, fascinées, les objets miniatures qui le remplissent : boutons, rubans, lacets et pelotes de laine.

À cet instant, leur attention est attirée par des notes cristallines. Rose tend le bras vers une petite table où une splendide poupée est assise. De son socle de velours s'échappe une mélodie.

— Regardez ! s'enthousiasme-t-elle.

L'automate se met à balancer la tête au rythme de la musique. Pour ajouter au charme de cette scène, elle porte d'une main un petit bouquet à ses narines et de l'autre agite nonchalamment un petit éventail, rehaussé de pierres précieuses.

— Quelle merveille ! s'exclame Marion.

L'admiration manifeste de ses visiteuses paraît faire plaisir à Mme Struthers. Elle les arrache cependant à leur contemplation pour les conduire au salon déguster le thé qui les attend.

— Moi, je n'en veux pas, décrète Rose en s'enfuyant.

— Je n'ai aucune autorité sur ma petite-fille, se lamente la maîtresse de maison. Elle déborde de vitalité. Elle tient sans doute ça de son père...

Devant l'expression interrogative des deux amies, elle poursuit :

— Le père de Rose est un grand violoniste. C'est un Tzigane, d'origine hongroise, et il a un tempérament passionné. Il a toujours vécu comme bon lui semblait, sans jamais se plier à la moindre règle. Quand ma fille est tombée amoureuse de lui, mon mari et moi avons essayé de la dissuader de faire sa vie avec lui, mais elle a fini par nous quitter pour l'épouser.

Mme Struthers se tait, plongée dans ses souvenirs. Alice l'a écoutée sans l'interrompre. Elle comprend maintenant pourquoi la vieille femme pleurait pendant le concert.

— Vous avez dû avoir beaucoup de peine, murmure la jeune détective.

— Oui, acquiesce Mme Struthers, et je regrette notre attitude. Nous avons été très durs envers elle. Nous lui avons même fermé notre porte. Rose avait huit ans quand son père les a abandonnées, sa mère et elle. Alors, nous avons changé d'avis et supplié Édith de revenir chez nous avec sa fille.

— Elle l'a fait ? demande vivement Marion.

— Oui, mais trop tard. Elle était malade et elle avait le cœur brisé. Elle est morte peu de temps après. Trois mois plus tard, mon mari est décédé, lui aussi.

— Je suis désolée, compatit Alice.

— Rose me cause beaucoup de souci, avoue Mme Struthers. Elle ne connaît pas la famille de son père, ni son passé, ou si peu. Je ne lui ai jamais rien dit. Elle a beaucoup de caractère, vous savez. Elle refuse de travailler en classe et elle fugue souvent de l'école. Dès qu'il y a du monde autour d'elle, elle se débrouille pour attirer l'attention, quitte à me couvrir de honte.

Elle marque une pause avant de reprendre :

— Je l'ai emmenée en voyage pendant des mois, mais ça ne l'a rendue que plus indépendante. Elle ne pense qu'à vagabonder alors que, pour moi, les visites à l'étranger sont surtout une occasion d'augmenter ma collection de poupées.

Mme Struthers s'interrompt de nouveau pour offrir une tasse de thé à ses invitées.

— En fait, c'est une véritable passion, confesse-t-elle. Mais il y en a surtout une qui m'intéresse. Malheureusement, je n'ai pas réussi à mettre la main dessus, et c'est pour ça que je m'adresse à vous. Il faut retrouver cette poupée coûte que coûte et je suis prête à vous procurer tout l'argent dont vous aurez besoin pour vos recherches.

— Elle est très rare ? interroge Alice, intriguée par cette mission pour le moins imprévue.

— Oui, enfin, elle a une grande valeur à mes

yeux parce qu'elle est liée au passé de Rose. Si je vous confie mon secret, vous me promettez de ne jamais le dévoiler à ma petite-fille ?

Les deux amies s'engagent à respecter ce désir.

— Juste avant de mourir, ma fille parlait sans cesse d'une poupée. Ces derniers mots ont été : « La poupée ! Elle a disparu ! Maman, maman, je t'en prie, retrouve-la... pour Rose. »

— Qu'est-ce qu'elle voulait dire ? s'étonne Marion.

— Je ne sais pas. Édith était très malade. Elle délirait. Pourtant, elle a ajouté quelques mots : « C'est important... très important... Un indice... »

À cet instant, un cri perçant déchire l'air. Alice se lève immédiatement et s'élance vers la porte de la maison. Marion et Mme Struthers la suivent de près. Horrifiées, elles voient une voiture s'éloigner à vive allure dans la rue tandis que Rose, effondrée sur le trottoir, appelle à l'aide en hurlant.

chapitre 3

Nouvelle mission

— Alice ! crie Marion. Mme Struthers s'est évanouie !

— Occupe-toi d'elle, crie la jeune fille, déjà au bas du perron. Je me charge de Rose.

Et elle se précipite vers elle.

— Tu t'es fait mal ? demande-t-elle avec inquiétude en relevant la fillette, qui tremble de tout son corps. Qu'est-ce qu'il s'est passé ?

Heureusement, Rose semble plus bouleversée que blessée.

— Non... je n'ai rien... mais je ne veux plus jamais revoir... ces horribles gens, bégaie-t-elle, avant d'éclater en sanglots.

— Tu les connaissais ?

— Non, ils se sont arrêtés devant la maison et ils m'ont posé des tas de questions sur les... les poupées de mamie. Après, la femme m'a demandé gentiment si je pouvais lui en apporter une.

— Et alors ? demande Alice en s'efforçant de garder une voix calme.

— J'ai hésité un moment et, finalement, je suis allée chercher une poupée. Quand je la lui ai tendue pour la lui montrer, elle l'a attrapée. J'ai voulu la lui reprendre mais, juste à ce moment, l'homme a mis la voiture en marche et la femme m'a poussée sur le bas-côté.

Elle frissonne à ce souvenir.

— Ne t'inquiète pas, Rose, tu es en sécurité maintenant, la rassure la jeune fille en passant une main apaisante sur ses cheveux. Tu peux me décrire ces personnes ?

— La femme avait des cheveux rouges, elle était affreuse ! Pourtant, je n'aurais jamais cru qu'elle volerait la poupée de mamie.

— Ils ont emporté laquelle ?

— Celle qui était assise sur la boîte à musique, un éventail à la main.

Maintenant qu'elle en sait un peu plus, Alice ramène l'enfant à la maison. Entre-temps, Mme Struthers est revenue à elle. Sa joie à la vue de sa petite-fille saine et sauve est émouvante.

— Heureusement que vous étiez là, Alice, remercie la vieille dame. Et vous aussi, Marion.

Malgré son regret d'avoir perdu une poupée si précieuse, elle proteste vigoureusement quand les deux jeunes filles proposent de prévenir la police. Elle refuse plus que jamais d'attirer l'attention, leur déclare-t-elle fermement.

— Je préférerais que vous vous occupiez seule de cette affaire, Alice. Vous voulez bien revenir demain, à la même heure ? Je terminerai mon histoire. Pour l'instant, je me sens trop fatiguée.

La jeune détective s'empresse d'accepter avant de prendre congé de la vieille dame et de sa petite-fille. Elle ramène Marion chez elle et, le soir, au dîner, elle raconte à son père les événements de la journée.

— Les voleurs se sont enfuis dans une voiture noire, achève-t-elle à regret. Je n'ai pas pu relever le numéro d'immatriculation, parce que la plaque était couverte de boue. J'ai juste eu le temps de noter qu'elle était de la même marque que mon cabriolet.

— Mince indice, fait remarquer M. Roy, mais je suis persuadé que tu en tireras le maximum.

— J'ai promis à Mme Struthers de l'aider, répond Alice avec un sourire. Rose aussi a besoin qu'on s'occupe d'elle. Elle est mal élevée et indisciplinée, mais j'ai l'impression qu'elle a certains dons artistiques. Je suis sûre que son comportement s'améliorerait si elle prenait des leçons de danse et de musique.

— Il va falloir trouver un professeur avec une patience d'ange, déclare l'avocat, que la fillette a beaucoup agacé.

Le lendemain, Alice s'apprête à aller voir Mme Struthers quand Bess Taylor frappe à la porte de sa maison. Un peu rondelette mais jolie, Bess est aussi féminine que sa cousine Marion Webb est garçon manqué. Elle vient avertir son amie qu'une réunion est prévue cet après-midi au club de voile de River City pour la catégorie des 18 à 22 ans. Les dirigeants doivent annoncer une nouvelle importante. Alice secoue la tête.

— Désolée, Bess, il va falloir que tu y ailles sans moi.

— Encore un rendez-vous avec Ned Nickerson je parie ! la taquine Bess.

— Erreur !

— Alors, tu es sur la piste d'un nouveau mystère !

— Touché ! admet Alice en riant. Monte dans ma voiture, je vais te déposer au club.

En chemin, elle met Bess au courant de l'affaire dont elle va s'occuper. Elle laisse son amie devant le club de voile puis se dirige vers la villa de Mme Struthers. Celle-ci a pris la précaution d'envoyer Rose chez une voisine afin de pouvoir discuter avec la jeune détective sans risquer d'être interrompue à tout moment.

— Hier, je n'ai pas eu l'occasion d'aborder la partie la plus importante de mon histoire, commence-t-elle d'une voix paisible. J'en étais restée aux dernières paroles de ma fille, je crois...

— Oui, s'empresse de dire Alice, soucieuse de ne pas laisser la pauvre femme s'attarder à de pénibles souvenirs. Et vous avez fait allusion à un indice.

— Indice que je n'ai pas réussi à trouver, déplore Mme Struthers, alors qu'il est peut-être juste sous mes yeux. J'espère que vous serez plus habile que moi !

Elle tire une clef de sa poche, ouvre un tiroir et en sort un album de famille en cuir relié et décoré de pierres précieuses.

— Qu'est-ce qui vous fait penser que la clef de l'énigme se trouve là-dedans ? s'étonne la jeune fille.

La vieille femme pousse un soupir.

— Vers la fin de sa vie, ma fille s'inquiétait beaucoup au sujet de Rose. Avant de mourir, elle m'a répété plusieurs fois la même chose : « L'indice... dans... le vieil album ».

— Celui-ci ? demande Alice en feuilletant les pages.

— Je n'en suis pas certaine, convient Mme Struthers.

La jeune détective contemple les photographies de famille que contient l'album et s'arrête sur celle d'une petite fille de huit ou neuf ans, qui tient une poupée dans ses bras.

— C'est Édith, dit la vieille dame en essuyant une larme. Et c'est elle ici aussi, dans sa robe de mariée.

— Elle était vraiment très belle, murmure Alice. Et sa robe était magnifique !

— Je ne l'ai pas vue, soupire Mme Struthers. Édith l'a achetée seule et l'a sans doute revendue quand elle s'est trouvée à court d'argent. Elle a glissé cette photo dans l'album à son retour ici. Je ne l'ai trouvée qu'après sa mort.

— Quel était son nom de femme mariée ?

— Pepito. Son mari s'appelait Romano Pepito. Mais Rose porte le nom de Struthers maintenant.

— Les dernières paroles de votre fille ont bien été : « La poupée ! Elle a disparu ! Retrouve-la... pour Rose », si je me souviens bien. Vous pensez qu'elle voulait parler de celle qu'elle a sur la photo où on la voit enfant ?

— C'est ce que j'ai cru au début, mais la poupée est ici, chez moi. Et je n'ai découvert aucun indice sur elle.

— De toute évidence, la poupée doit détenir un secret d'une grande importance pour Rose, réfléchit Alice à voix haute.

— Oui. C'est bien pour ça que je veux la retrouver.

— Vous avez examiné cet album à fond ?

— Des centaines de fois. Mais regardez-le, vous aussi. Vous descellerez peut-être un détail qui m'a échappé.

Elle tend le volume à son invitée et reprend pensivement :

— Cela dit, ma fille avait peut-être un tout autre album à l'esprit. Un album appartenant à la famille Pepito, par exemple.

— Vous en avez parlé à un membre de cette famille ?

— Oh non ! Je ne sais rien d'eux. Et je n'ai aucune idée de l'endroit où le mari d'Édith pourrait se trouver.

— Rose saurait peut-être ce que sa mère voulait dire ?

— Non. Ma fille lui parlait le moins possible des Pepito. Elle était si petite ! Et à nous, jamais. Elle n'a pas dû prononcer le nom de son mari plus d'une ou deux fois. Pourtant, je voyais bien qu'elle pensait sans cesse à lui.

Pendant près d'une demi-heure, Alice parcourt l'album avec soin, s'attardant sur chaque photo, mais sans succès. L'indice tant espéré lui échappe...

— Si seulement on avait un renseignement sur la poupée dont parlait votre fille ! soupire la jeune fille. Vous pensez qu'Édith l'a donnée ou vendue à quelqu'un ?

— Je ne pense pas, non.

— Elle a été volée alors ?

Mme Struthers hésite un instant avant de dire :

— La disparition de la poupée est peut-être liée à quelque chose dont je ne vous ai pas encore parlé. Dans l'album, il y avait une note, mais pas écrite de la main d'Édith. J'ai eu peur que Rose ne tombe dessus un jour, alors je l'ai détruite.

— Que disait ce papier ?

— Je m'en souviens mot pour mot, répond lentement Mme Struthers :

La source de lumière guérira tous les maux, mais une malédiction poursuivra celui qui l'enlèvera aux Tziganes !

chapitre 4

La poupée empoisonnée

— Quel étrange message ! s'exclame Alice, après l'avoir répété pour le mémoriser.

— Je suis sûre que c'est ma fille qui l'a glissé dans l'album avant de mourir, explique Mme Struthers. En revanche, je ne comprends pas du tout ce qu'il signifie.

— C'est peut-être un indice utile, déclare la détective. Ce message provient peut-être de la famille de son mari. Qu'en pensez-vous ?

— Je me suis souvent posé la question. J'ai supposé que l'auteur envoyait un avertissement à ma fille... pour l'effrayer.

— Ou la mettre en garde contre un danger.

— Je n'en sais rien, avoue la vieille femme, mais je n'ai pas envie que vous preniez de risque inutile. Vous devriez peut-être renoncer à vous occuper de cette affaire, après tout.

— Ne vous inquiétez pas, assure la jeune fille en souriant. Je serai prudente. Avant de vous quitter, ajoute-t-elle, j'aimerais revoir votre collection de poupées. Je ne voudrais pas vous en rapporter une que vous ayez déjà.

Pendant de longues minutes, la jeune fille passe en revue les figurines et les automates. Ils sont tous plus fascinants les uns que les autres. La variété des matériaux employés la stupéfie. Certains sont même en corne ou en ébène.

Au bout d'un moment, son regard s'arrête sur un petit personnage armé d'une épée, qui semble prêt à se battre en duel contre un adversaire imaginaire.

— Que ce gentilhomme a fière allure ! s'exclame Alice.

Elle prend la figurine, placée sur une étagère assez haute, et pousse un léger cri. La pointe de l'épée lui a piqué le doigt.

— C'est ce qui s'appelle une bonne défense ! lance-t-elle en riant. Il m'a blessée avec son arme.

Mme Struthers paraît déconcertée. Elle n'avait pas remarqué que l'épée était aussi effilée. En effet, du sang coule légèrement le long de la main de la jeune fille.

— Je vais chercher un pansement, propose-t-elle.

— Ce n'est pas la peine. La piqûre est minuscule...

La jeune fille enroule un mouchoir autour de son doigt, puis replace la figurine sur l'étagère. Soudain, elle sursaute en entendant claquer une porte. Rose fait irruption en trépignant.

— Déjà revenue ? s'étonne Mme Struthers.

— Oui, et je ne veux plus jouer avec cette idiote de Charlotte. Elle dit que je suis sauvage et mal élevée.

— Rose, ma chérie, tu ne peux pas faire un effort pour te comporter comme il faut avec tes camarades ? lui reproche Mme Struthers. À chaque fois, c'est la même chose !

Pour détendre l'atmosphère, Alice prie de nouveau Rose de décrire le couple qui lui a volé la poupée, la veille. La petite fille répond que la femme avait des cheveux couleur carotte et qu'elle était bien habillée, l'homme...

Mais, de manière inexplicable, la jeune fille ne parvient pas à se concentrer sur la suite des réponses de Rose. Elle se sent faible et comme étourdie. Elle se passe la main sur les yeux. Tout se brouille autour d'elle. De très loin lui parvient la voix de l'enfant.

— Mamie, regarde Alice ! crie-t-elle. Elle est aussi blanche qu'un fantôme !

La jeune fille chancelle, s'agrippe à une table.

— Je ne me sens... pas très bien..., articule-t elle avec difficulté.

Mme Struthers la saisit par la taille, la mène jusqu'à un canapé, où elle s'effondre.

— Qu'est-ce qu'elle a, mamie ? gémit Rose, terrorisée.

— Je ne sais pas. Elle allait très bien il y a cinq minutes à peine. Je ne comprends pas...

Tandis qu'elles s'affairent autour d'elle, Alice tente de lutter contre son étourdissement. Tout à coup, elle croit deviner la cause de son malaise. Il faut agir vite !

— Vous pouvez appeler... mon père ? supplie-t-elle en cherchant sa respiration. Dites-lui... de se dépêcher.

— Oui, oui, répond Mme Struthers, prise de panique.

— Et un médecin..., souffle la jeune fille. L'épée... devait être... empoisonnée...

Sur ces mots, elle perd connaissance.

chapitre 5

La grande foire

À la vue de la jeune fille évanouie, les nerfs de Mme Struthers lâchent. Elle se met à crier, au point d'alerter Mme Carol, la gouvernante de la maison.

— C'est Alice ! gémit Mme Struthers en se tordant les mains d'angoisse. Téléphonez vite à M. Roy et au docteur Burney ! Dites-leur qu'elle a été empoisonnée !

Épouvantée, la gouvernante se précipite vers l'appareil installé dans l'entrée.

M. Roy et le médecin arrivent presque en même temps. La vieille dame leur explique dans une grande confusion ce qui vient de sc passer.

— La poupée a piqué Alice. Celle-là, sur l'étagère. Alice croit que l'épée était empoisonnée. Oh ! C'est affreux. Tout est de ma faute.

Le médecin examine la jeune fille.

— C'est exact, elle a été empoisonnée, annonce-t-il.

— Est-ce qu'il y a... elle est..., bafouille M. Roy, sans parvenir à formuler toute sa pensée.

— Calmez-vous, conseille le docteur. La dose ne peut être qu'infime, votre fille ne va pas tarder à reprendre conscience. Je voudrais tout de même savoir de quel poison il s'agit, pour préparer un antidote.

M. Roy prend avec précaution l'épée miniature et l'étudie attentivement. Il lui faut quelques minutes avant de repérer un minuscule bouton dissimulé sous la manche de l'automate. Il appuie dessus et une aiguille jaillit, d'où s'écoule une goutte de liquide.

— J'aurais dû m'en douter ! s'écrie Mme Struthers. On m'avait pourtant prévenue quand j'ai acheté cette poupée qu'elle contenait du poison autrefois. J'étais persuadée que le réservoir avait été vidé !

En homme prévoyant, le docteur Burney a emporté son matériel d'analyse et il identifie rapidement le poison. Il prend aussitôt dans sa trousse une ampoule, dont il injecte le contenu à sa patiente.

— Votre fille va dormir profondément pendant une bonne heure, dit-il à l'avocat. Surtout, qu'elle se repose jusqu'à demain.

M. Roy souhaite ramener Alice chez lui ; cependant, le médecin s'y oppose. Rassurée sur l'état de la jeune fille, Mme Struthers promet de veiller sur elle.

— Merci, répond le père d'Alice. Si ça ne vous dérange pas, je vais attendre qu'elle se réveille avant de rentrer.

Une heure est presque écoulée quand la jeune fille bâille puis entrouvre les paupières.

— Où suis-je ? murmure-t-elle en se soulevant sur un coude.

— Avec moi, la réconforte son père en la recouchant doucement. Tout va bien, ne t'inquiète pas.

Satisfaite, Alice pousse un soupir, se retourne de l'autre côté et se rendort. L'avocat, à présent certain que tout danger est écarté, retourne à son cabinet, où des clients l'attendent.

Le lendemain matin, après une nuit presque blanche, Mme Struthers descend prendre son petit déjeuner. En ouvrant la *Gazette de River City,* elle pousse un cri de surprise à la vue d'un titre en gros caractères :

ALICE ROY EMPOISONNÉE PAR UNE MYSTÉRIEUSE POUPÉE CHEZ MME STRUTHERS

— Ce n'est pas possible ! s'exclame la pauvre femme. Comment ces journalistes peuvent-ils être au courant ?

Elle est certaine que personne, ni chez elle ni chez les Roy, n'a communiqué cette information à la presse. Tandis qu'elle cherche à identifier l'auteur d'une telle indiscrétion, une idée fulgurante lui traverse l'esprit : Rose !

Mme Struthers vient en effet de se souvenir que l'enfant est sortie peu après le malaise d'Alice. Oui, cela ne peut être que Rose. Dès qu'elle la voit apparaître, elle lui montre l'article.

— Rose, est-ce que tu sais comment le journal a pu apprendre ceci ?

— Non, affirme la petite innocemment.

— Tu n'en as parlé à personne ?

— Ben, si ! À des amis, dans la rue.

— Et ils se sont dépêchés de répéter la nouvelle partout, conclut la grand-mère. C'est monstrueux ! Moi qui ne voulais pas que l'affaire s'ébruite ! Rose, tu es vraiment insupportable !

Furieuse, l'enfant prend un air boudeur et refuse de prendre son petit déjeuner. Elle s'apprête à s'enfuir dans sa chambre quand Alice, complètement remise, entre dans la salle à manger. À la lecture du journal, elle fronce les sourcils. La situation devient embarrassante...

La jeune fille n'a pas le temps de réfléchir à la question, car, à ce moment-là, quelqu'un sonne à la porte. C'est Sarah, la gouvernante qui l'a élevée depuis la mort de sa mère, survenue alors qu'elle était tout enfant, qui vient prendre des nouvelles de sa protégée. Bess et Marion arrivent peu après, suivies à leur tour par Ned Nickerson, étudiant à l'université d'Emerson et grand ami d'Alice. Après avoir lu le journal, il s'est précipité dans sa voiture. Voyant la jeune fille debout et aussi débordante de vie que d'habitude, il ne peut s'empêcher de plaisanter sur le caractère dramatique de l'article.

— J'espère que tu seras assez en forme pour m'accompagner à la grande foire de Claymore demain soir, dit-il en reprenant son sérieux.

— Bien sûr ! affirme Alice en riant. J'ai dormi tellement longtemps que je déborde d'énergie maintenant !

Le lendemain soir, d'assez bonne heure, Ned sonne chez les Roy. Les deux jeunes gens prennent aussitôt la route de Claymore. Là-bas, tous deux s'amusent beaucoup. Alice apprécie les masques, la foule joyeuse, les attractions... Ned ne se lasse pas du stand de tir. Il gagne une boîte de bonbons, qu'il s'empresse d'offrir à la jeune fille

— Qu'est-ce que tu veux faire maintenant ? s'enquiert-il. Ça te dirait de monter sur la grande roue ?

Au lieu de lui répondre, son amie lui demande tout à coup :

— Tu entends ?

— Quoi ? Ce violon tzigane ?

— Il y a des gitans ici ?

— Oui, là-bas, j'ai repéré des diseuses de bonne aventure. Tu as envie de te faire prédire l'avenir ?

— Je me moque pas mal de toutes les sornettes qu'on pourrait me débiter, le coupe Alice. Par contre, je voudrais écouter le concert parce que je m'occupe en ce moment d'une énigme qui concerne un violoniste tzigane.

Les deux amis s'approchent des tentes. Des gamins aux yeux de braise et au teint mat les dévisagent avec curiosité. Une femme en longue jupe rouge et jaune sort vivement d'une tente et s'assied sous l'auvent.

— Mettez une pièce dans la paume de ma main et je vous dirai votre avenir, jolie demoiselle, commence-t-elle.

La jeune fille secoue la tête, son attention concentrée sur les notes du violon.

— Ce n'est pas la *Rhapsodie hongroise ?* murmure-t-elle à l'oreille de Ned. Si ce violoniste pouvait être Romano !

— Romano ? répète Ned sans comprendre. C'est un de tes amis ?

Sa question reste en suspens car Alice vient de s'apercevoir que la gitane écoute leur conversation. Son regard met la jeune fille mal à l'aise.

— Est-ce qu'on peut voir le violoniste ? demande-t-elle néanmoins aimablement.

— Non, c'est interdit, réplique froidement la femme.

S'adressant à deux enfants, elle leur dit quelques mots en une langue que ni Alice ni Ned ne comprennent. Un des gamins se précipite sous la tente et, presque aussitôt, le violon se tait.

— Dites-nous au moins le nom de ce musicien si doué, tente la jeune détective.

La gitane hausse les épaules et s'éloigne.

— Quelle mouche l'a piquée ? s'étonne Ned. Tu crois qu'on a violé une loi de la tribu en demandant à parler au violoniste ?

— Non, c'est sûrement autre chose, chuchote la jeune fille. Regarde, tout le monde nous surveille. Comme si on nous soupçonnait de quelque chose. Et j'aimerais bien savoir de quoi...

Aucune autre gitane ne propose plus de dire

la bonne aventure à Alice. Un petit garçon court vers Ned puis s'arrête brusquement, sèchement rappelé par sa mère.

— Mais qu'est-ce qui leur prend ? grommelle le jeune homme, complètement déconcerté.

Plus les jeunes gens s'attardent, plus la tension monte, à tel point qu'ils finissent par s'éloigner. Ils interrogent alors un des organisateurs de la foire pour savoir de quelle région viennent ces gitans.

— De l'Ouest, je crois, leur explique celui-ci. Ils repartiront juste après le mariage.

— Quel mariage ? questionne la détective.

— Celui qui doit avoir lieu ce soir à vingt-et-une heures. Vous n'avez pas vu l'affiche ? Ils marient une très jeune fille selon leurs rites.

— C'est vrai ? lâche Alice, soudain très intéressée. J'aimerais bien assister à la cérémonie. Mais je croyais que, chez les gitans, les mariages se déroulaient toujours dans le cadre de la tribu.

— D'habitude oui, convient l'homme. Mais le directeur de la foire a réussi à convaincre leur chef, Zorus, de permettre au public d'y participer.

— Moyennant finance, j'imagine, intervient Ned.

— C'est assez normal. Ils ont de gros frais. Cela dit, le public ne sera admis que ce soir. Un mariage gitan dure souvent six ou sept jours et toute la tribu danse et fait la fête pendant une semaine entière.

— Où est-ce qu'on peut acheter des billets ? demande le jeune homme.

— À la première tente que vous voyez là-bas, au fond. Mais ne vous attendez pas à grand-chose. Le chef va prononcer un discours, puis il offrira une poupée à la petite mariée. Ensuite il y aura les danses. C'est la partie la plus intéressante.

Au mot de poupée, Alice a dressé l'oreille. Elle va peut-être enfin recueillir un indice ! Mais elle se rembrunit immédiatement.

— Ned, et si les gitans ne veulent pas nous laisser entrer ?

chapitre 6

L'épouse-enfant

Les deux amis se tiennent à distance des tentes des gitans jusque vers vingt-et-une heures. Ils espèrent pouvoir alors se dissimuler sans peine parmi les badauds qui souhaitent assister à ce mariage peu ordinaire.

— Il vaudrait mieux nous séparer, propose Alice. On se fera moins remarquer.

Effectivement, les retardataires les poussent en avant et ni le vendeur de billets ni les autres gitans ne les repèrent dans la foule.

Trois violonistes, beaux et souriants, assurent la partie musicale de la fête. Vêtus de costumes vivement colorés, ils retiennent l'attention de la jeune fille.

« Aucun d'eux ne peut être le père de Rose, réfléchit-elle. Ils sont beaucoup trop jeunes. »

Ils entament bientôt une mélodie douce et nostalgique. Peu de temps après, un homme sort d'une tente et s'avance au milieu du cercle formé par le public. Habillé d'un costume rouge et or, il porte de longues boucles d'oreilles en forme d'anneaux. C'est le maître de cérémonie. Il lève la main pour réclamer le silence.

— Selon la coutume de notre tribu, la dot de la mariée doit être versée avant le mariage. Autrefois, elle était constituée de chevaux, maintenant elle est en espèces.

Le jeune époux, vêtu d'un costume éclatant, apparaît au côté de son père. Celui-ci tend un sac plein de pièces au maître de cérémonie, qui prononce un long discours en romani[1]. Puis les trois violonistes jouent les premières notes d'une marche solennelle.

« C'est sûrement le chef », se dit la jeune détective en voyant apparaître, au seuil d'une grande tente, un vieillard en robe rouge brodée d'or. Il a une longue barbe grise, très fournie, et il parcourt l'assistance de ses yeux sombres et perçants. Il dit quelques mots aux hommes, puis le père de la mariée entre dans une autre tente.

— Dans notre tribu, les filles se marient normalement très jeunes, explique le maître de cérémonie. Mais ici, nous avons respecté les lois de

1. Le romani est la langue parlée par les Tziganes. *(Note de l'éditeur)*

votre État. Notre chef Zorus va maintenant unir Melchior et Louisa selon notre tradition.

Les violonistes attaquent un air joyeux, ce qui ne paraît pas rassurer la jeune épouse sortie au même instant de sa tente. Elle est magnifique ! Alice a un élan de compassion vers elle. Elle a l'air si craintive, si jeune... guère plus de quinze ans. Elle porte une robe de soie blanche brodée, jaunie par le temps. De toute évidence, les femmes de la tribu se transmettent la tenue de génération en génération.

Zorus accomplit les rites en quelques minutes. Son visage rusé et cruel n'inspire aucune confiance à la jeune détective. Des Tziganes apportent une miche de pain, du sel et une bouteille de vin, symboles d'abondance. Le chef coupe le pain en deux, en saupoudre de sel les deux moitiés et les tend aux époux. Ceux-ci mordent dedans à tour de rôle avant de boire une gorgée de vin à la même coupe. Zorus fait alors signe au maître de cérémonie, qui annonce :

— Depuis des siècles, nous avons pour coutume d'offrir une poupée à la jeune épouse. Notre mariée d'aujourd'hui n'est plus une enfant, mais nous respecterons tout de même la tradition.

Alice remarque alors une gitane âgée, qui s'avance avec un panier. Le père de Rose a sans doute lui aussi fait cadeau à son épouse d'une poupée gitane. Peut-être identique à celle qui va être présentée ce soir !

« Si c'est le cas, je tiendrai un indice important pour résoudre l'énigme que m'a posée Mme Struthers », pense la jeune fille, très excitée.

Malheureusement, son espoir est déçu. La poupée sort tout droit d'une grande surface et ne présente aucun intérêt.

Quelques instants plus tard, les violonistes se mettent à jouer des airs de danse et la fête commence. Ned rejoint alors Alice. Malgré la beauté des danses gitanes, la jeune fille ne cesse de tourner la tête vers un couple, assis un peu à l'écart.

« Cet homme me rappelle quelque chose... Cette femme aussi d'ailleurs... » songe-t-elle.

Bientôt, elle s'aperçoit qu'eux aussi l'observent. Quand elle croise leur regard, ils détournent la tête. Un instant plus tard, ils se glissent à pas de loup vers la sortie.

« On dirait qu'ils cherchent à m'éviter », songe la jeune fille, perplexe.

Soudain, elle se souvient. L'homme a une cicatrice sur le front : c'est le voleur du sac de Mme Struthers, et la femme a des cheveux couleur carotte, comme celle qui a dérobé la poupée à l'éventail !

La jeune détective murmure quelques mots à l'oreille de Ned et, aussitôt, tous deux prennent les voleurs en filature. Près d'une tente, une vieille gitane interpelle ces derniers au passage, en les nommant Anton et Nitaka.

— Quand ils ont pris la poupée, ils étaient dans une voiture noire, chuchote Alice à son compagnon. Ils ont dû la garer dans les parages. Tu veux bien essayer de la trouver ?

— Pas de problème. Tu as le numéro de la plaque d'immatriculation ?

— Non, mais la voiture est de la même marque que la mienne. Je t'attends ici. Je ne veux pas qu'ils me filent entre les doigts, cette fois.

Ned s'éclipse sans bruit. En se faisant aussi discrète que possible, la jeune fille suit le couple de loin. Elle les perd un instant de vue, mais les retrouvent, quelques minutes plus tard, en grande conversation avec le vieux Zorus. Au moment où celui-ci les quitte, elle entend une bribe de phrase prononcée par Nitaka : « ... une petite effrontée... » Est-ce d'elle dont on parle ?

Là-dessus, Ned revient, bredouille, ou presque. Il y a non pas une voiture répondant à la description d'Alice, mais trois ! Il lui tend un bout de papier froissé et maculé de boue.

— Je l'ai ramassé près d'une de ces voitures,

explique-t-il. C'est un reçu qui va peut-être t'intéresser.

Alice prend le papier des mains de son ami et lit :

Une poupée : 100 dollars

— Malheureusement, le reçu est déchiré et les noms du vendeur et de l'acheteur manquent.

— Bien sûr que ça m'intéresse ! s'écrie la jeune fille. Ce serait encore mieux si on pouvait retrouver la partie qui a été arrachée. Montre-moi où tu as trouvé ça.

Ned la conduit à un parking à peine éclairé.

— Il était là, près de cette voiture noire.

— Elle ressemble beaucoup à celle que j'ai vue devant la maison des Struthers, assure Alice. Si on reste dans le coin, on verra peut-être arriver son propriétaire. Pourvu que ce soit bien Anton et Nitaka !

Les deux jeunes gens en profitent pour inspecter le sol à la recherche de l'autre moitié du reçu. Sans succès. Tout à coup, un bruit de pas les fait sursauter. Précipitamment, ils se glissent derrière une autre voiture, tandis qu'un jeune homme s'avance rapidement vers la voiture noire. De toute évidence, ce n'est pas Anton.

Malgré leur déception, Alice et Ned attendent

tout de même que les propriétaires des autres voitures noires aient repris leur véhicule. Aucun d'eux ne correspond au couple de gitans.

— C'est raté ! Je n'ai pas avancé d'un pouce ce soir, soupire Alice en regagnant la voiture de son compagnon. Ou plutôt si, je connais les suspects maintenant, et je pense que le voleur de la poupée et celui du sac ne sont qu'une seule et même personne...

— De quoi tu te plains, alors ? s'exclame son ami, en éclatant de rire.

Lorsque Ned la dépose chez elle, la jeune fille n'est pas mécontente de retrouver son lit. Épuisée par cette soirée mouvementée, elle dort profondément jusqu'au lendemain matin. Sarah la tire de son sommeil, en l'appelant depuis le rez-de-chaussée :

— Alice, téléphone pour toi !

— Oui, je descends !

C'est Marion, qui annonce à son amie qu'il y a une nouvelle réunion au club de voile.

— Cette fois, tu n'as pas le choix, il faut que tu viennes. Je n'accepterai aucun refus, et Bess non plus ! déclare-t-elle avec une fausse sévérité.

— D'accord, je passe chez vous dans une heure, promet Alice.

Elle vient à peine de raccrocher que le téléphone sonne de nouveau. Cette fois-ci, c'est Mme Struthers qui est au bout du fil.

— Bonjour, Alice, j'espère que vous allez bien aujourd'hui, commence-t-elle. Je voulais vous prévenir qu'il va y avoir une vente de poupées lundi à Jefferson. J'ai lu ça dans le journal ce matin. Je pense que ce serait bien que vous alliez faire un tour là-bas, pour voir s'il n'y a pas celle que je recherche. Je vous paierai le déplacement, bien sûr.

— C'est une très bonne idée, madame, approuve immédiatement la jeune détective. Je vais prendre mon billet de train dès cet après-midi.

La jeune fille se prépare en vitesse et rejoint ses amies. Pendant le trajet, elle les met rapidement au courant de ce qu'elle a appris à la foire. Lorsqu'elles arrivent au club, l'ambiance est animée car les sportives sont impatientes de savoir ce que le président va annoncer. Il réclame enfin le silence.

— Mesdemoiselles, dit-il en clignant de l'œil avec malice, vous avez été sélectionnées pour participer aux grandes régates de cette année !

— Super ! se réjouit Marion.

Mais elle ajoute aussitôt :

— Le seul problème, c'est qu'il nous faut un bateau...

— Il y aura une vente aux enchères de voiliers lundi prochain, à Jefferson, continue le président, comme pour répondre à la jeune fille. Plusieurs sont excellents, en particulier *Le Lass.*

— Je serai à Jefferson dès l'aube lundi ! chantonne une certaine Phyllis Bank.

En sortant, Marion propose à ses deux amies d'acheter en commun *Le Lass.*

— Pour quoi faire ? objecte Bess. On ne gagnera jamais la course de toute façon.

— Quant à moi, pas question de négliger mon affaire ! lance Alice, taquine.

Devant la mine déconfite de son amie, elle reprend, une lueur malicieuse dans les yeux :

— En fait, il faut justement que j'aille à Jefferson, lundi.

— C'est vrai ? s'écrie Marion, reprenant espoir.

— Oui. Il y a une vente de poupées là-bas lundi aussi. Mme Struthers m'a demandé de m'y rendre.

— Parfait ! On t'accompagnera voir les poupées et toi, tu jetteras un coup d'œil au voilier, décide la jeune sportive. J'espère que nos parents seront d'accord pour qu'on l'achète !

Les deux cousines obtiennent sans trop de difficultés l'autorisation de leurs parents. Alice, elle, attend le dîner pour aborder le sujet avec son père.

— Je veux bien que tu achètes un bon bateau avec tes amies, décide l'avocat. À condition que la coque soit solide et qu'il ne soit pas hors de prix. Mais je te fais confiance...

— Oh ! merci papa ! Au fait, ça te dirait d'aller faire un tour avec moi ce soir ?

— Avec *toi* ? s'exclame-t-il. J'en serais ravi !

— Tu le seras peut-être moins quand tu sauras ce que j'ai l'intention de faire. J'aimerais emmener Rose à la foire...

— Ah...

— Rien qu'une heure, papa... pour qu'elle puisse me dire si c'est bien Anton et Nitaka qui ont volé la poupée à l'éventail.

— Dans ce cas, cède M. Roy, c'est d'accord.

Le dîner achevé, le père et la fille se mettent en route, après avoir téléphoné à Mme Struthers pour la mettre au courant de leur projet. Malheureusement, lorsqu'ils arrivent à la foire, le directeur leur annonce que les gitans ont plié leurs tentes de bonne heure le matin même.

— Ce Zorus est un homme bizarre, il ne m'avait pas prévenu qu'il comptait partir, précise-t-il.

— Est-ce que par hasard vous connaissiez

Anton et Nitaka ? lui demande Alice. Ils ont suivi les autres ?

— Anton et Nitaka ? répète l'homme. Non, ça ne me dit rien. Je n'ai eu affaire qu'à leur roi.

— Leur roi ? s'étonne l'avocat.

— C'est comme ça qu'ils désignent Zorus, explique le directeur. Et ils le considèrent comme un souverain redouté.

— Je peux aller faire un tour de manège ? les interrompt Rose, qui commence à s'impatienter.

Après avoir remercié le directeur, Alice et son père se baladent donc quelques temps dans les allées de la foire, pour divertir la petite fille, folle de joie. Elle court et s'amuse tellement que, lorsque les Roy décident de rentrer, elle les suit sans protester, épuisée, et s'endort immédiatement dans la voiture.

Pendant le trajet du retour, la jeune détective réfléchit. L'homme et la femme qu'elle soupçonne d'avoir volé la poupée sont-ils des sujets de Zorus ? Et dans ce cas, est-ce lui qui leur en a donné l'ordre ?

— Tu lcs as fait fuir, plaisante M. Roy, coupant court aux réflexions de sa fille.

— Peut-être, mais j'ai bien l'intention de les retrouver ! répond Alice, d'un ton décidé.

chapitre 7

La Divine

Le lundi matin, à six heures, Bess et Marion rejoignent Alice à la gare de River City.

— Je viens d'apprendre que Phyllis et son équipe sont parties hier en voiture pour Jefferson, annonce Marion d'un air bougon. Pourvu qu'elles n'achètent pas *Le Lass* avant notre arrivée !

— N'oublie pas que c'est une vente aux enchères, la rassure Alice. Elle ne commencera qu'à dix heures, on y sera à temps.

Elle n'entend pas la réponse de Marion, car son attention est soudain attirée par une voyageuse, qui vient d'apparaître sur le quai et se dirige à grands pas vers le train.

C'est Nitaka !

Alice pousse ses amies du coude.

— Nitaka va monter dans notre train ! chuchote-t-elle au comble de l'agitation.

— Cette femme rousse ? demande Bess. Elle n'est pas habillée comme une gitane.

— La femme qui a volé la poupée de Mme Struthers non plus, fait observer la jeune détective.

— Elle va où à ton avis ? interroge Marion.

— Aucune idée ! En tout cas, je ne la quitte pas d'une semelle, décrète Alice. Si elle ne descend pas à Jefferson, je resterai dans le train jusqu'à ce qu'elle en sorte.

— Ah ! non, proteste Bess. Tu ne vas pas encore prendre des risques inutiles !

— Et le voilier ? Tu l'oublies ? renchérit sa cousine. Et la vente de poupées ?

— Vous vous débrouillerez sans moi, répond leur amie. Si Nitaka est bien ma voleuse, j'ai une chance de découvrir quelque chose d'important en la suivant. Je ne vais quand même pas rater cette occasion !

— Non, convient Marion à regret.

Peu avant le départ, les trois jeunes filles montent dans le même compartiment que Nitaka et s'asseyent quelques sièges derrière elle. La gitane ne jette pas une fois un regard par-dessus son épaule durant le trajet. Indifférente au paysage qui défile derrière la fenêtre, elle lit et relit un magazine. De leur côté, les trois amies discutent de voile pour ne pas attirer l'attention.

Lorsque le contrôleur annonce l'arrivée à Jefferson, Nitaka est la première à s'approcher de la sortie et à descendre du train. Lorsqu'elle débarque à son tour sur le quai, Alice promène son regard autour d'elle et aperçoit la gitane qui se dirige vers la station de taxi.

— Dépêchez-vous ! On va la perdre de vue ! crie-t-elle à ses amies, qui s'attardent un peu.

Les trois jeunes filles s'engouffrent en hâte dans le premier taxi disponible. Mais celui qui emporte la gitane est déjà loin... Alice est forcée d'admettre qu'il n'y a aucun espoir de le rattraper.

— Et zut ! soupire-t-elle.

En son for intérieur, Marion est soulagée que la poursuite n'ait pas lieu. Elle brûle d'impatience de se rendre au port de plaisance.

— Allons-y tout de suite, prie-t-elle en jetant un coup d'œil à sa montre, dont les aiguilles indiquent neuf heures quarante-cinq.

— C'est bon, on sera à l'heure, la rassure Alice.

Elle demande au chauffeur de les conduire au quai 45. Malheureusement, il y a des embouteillages sur la route et, quand elles arrivent avec dix minutes de retard, la vente aux enchères a déjà commencé. Un groupe d'environ trente personnes s'intéresse à plusieurs voiliers d'occasion, amarrés le long du quai. Par chance, *Le Lass* n'a pas encore été mis en vente.

— Tiens ! Regardez, Phyllis est là-bas ! s'écrie Bess. Avec les deux jumelles Drake.

Les trois nouvelles venues courent admirer *Le Lass,* que Phyllis inspecte déjà sous toutes les coutures.

— Je suis décidée à payer le prix qu'il faudra ! lance-t-elle sur un ton qui en dit long.

— Ça a l'air d'être un bon voilier, approuve Alice, conciliante.

Cependant, alors qu'elle s'éloigne avec ses amies, elle leur chuchote que le mât ne lui plaît pas beaucoup. Enfin, *Le Lass* est mis aux enchères. Phyllis en offre immédiatement cent dollars.

— Cent cinquante ! crie Alice.

— Deux cents ! surenchérit un homme.

Alice monte encore de dix, mais à regret. Se penchant vers Marion, elle murmure :

— Continue à faire monter les enchères, mais doucement. Surtout, ne dépasse pas trois cents dollars !

— Où vas-tu ? s'inquiète Bess en la voyant s'éloigner.

— Je reviens tout de suite.

Laissant ses amies abasourdies devant ce départ soudain, Alice court sur le quai. Elle a remarqué, un peu plus loin, un certain nombre de voiliers à la peinture rongée par les vagues. On les amène maintenant près du lieu des enchères. Elle demande s'ils vont être mis en vente.

— Oui, mademoiselle, répond un marin. Vous cherchez un bateau rapide ?

— Oui.

— Alors, voilà ce qu'il vous faut ! déclare l'homme en montrant du doigt un élégant voilier, à la peinture écaillée. On l'appelle *La Divine,* il a gagné six régates l'été dernier.

— Pourquoi est-ce que son propriétaire le vend alors ?

— Parce qu'il est malade. Il ne peut plus naviguer. Il n'a même pas pu remettre le bateau en état pour les enchères d'aujourd'hui. Mais je vous assure que c'est le meilleur voilier de tous ceux qui sont là.

— Il est magnifique ! approuve la jeune fille.

— Il ne montera probablement pas très haut, prédit le marin avec un sourire ironique. La plupart des acheteurs ont déjà choisi leur bateau. Ils ne savent pas que *La Divine* va être mise aux enchères.

Alice s'empresse de rejoindre ses amies.

Marion vient de faire monter de cinq dollars *Le Lass* et s'affole à la pensée que sa rivale Phyllis va remporter le bateau.

— Les enchères en sont déjà à trois cent quinze dollars, gémit-elle.

— Laisse tomber.

— Mais...

— On va mettre en vente des bateaux beaucoup plus rapides.

— Pfff ! soupire Marion en entendant adjuger *Le Lass* à Phyllis contre trois cent cinquante dollars.

— Il n'y a rien à regretter, affirme Alice. Sois patiente !

D'autres voiliers sont ensuite mis en vente. Tous atteignent des prix très élevés.

— Les meilleurs sont partis, maugrée Marion. Ce n'est pas la peine de s'attarder pour de vieux rafiots. On peut y aller.

Alice sourit et refuse de bouger. Enfin le commissaire-priseur attire l'attention du public sur *La Divine.* Et les enchères reprennent.

— C'est celui-là qu'il nous faut ! chuchote Alice à l'oreille de son amie.

Sans manifester un intérêt trop vif, elle annonce un prix relativement bas. Les enchères montent un peu. Enfin, elle offre deux cents dollars. Un homme surenchérit. La jeune fille crie :

— Deux cent cinquante !

Plus personne n'élève la voix.

— Adjugé à la jeune fille en robe bleue, conclut le commissaire-priseur.

— J'espère que tu sais ce que tu fais, grommelle Marion. Tu crois vraiment que ce bateau pourra courir les régates ?

— Un bon coup de peinture et il sera comme neuf ! décrète sa camarade.

Elle vante alors son achat en racontant à ses amies les exploits accomplis par *La Divine*.

— Tu es formidable ! finit par s'écrier Marion.

Après avoir inspecté le bateau, Alice se déclare plus que jamais convaincue d'avoir fait le bon choix. Les voiles et la coque sont en parfait état.

— Si le vent tient, on pourra le ramener nous-mêmes à River City cet après-midi, annonce-t-elle, débordante d'enthousiasme. Ça risque d'être assez long, mais on devrait pouvoir maintenir une bonne moyenne.

Pendant qu'elle s'occupe des formalités, Phyllis vient jeter un regard méprisant au voilier.

— Tu veux faire la course avec nous ? lance Marion pour la défier.

— Sans façon ! réplique la jeune fille en se détournant. Je n'aime pas écraser mes adversaires. D'ailleurs, je ramène le mien sur une remorque.

Enfin, la vente est signée. Alice regarde sa montre : les enchères ont duré plus longtemps que prévu et il est près de onze heures trente. À la salle des ventes, au centre-ville, la plupart des poupées doivent déjà être attribuées.

— Il faut faire vite si on veut assister au moins à la fin des enchères, dit-elle à ses amies. Je ne voudrais pas décevoir Mme Struthers.

Toutes trois reprennent donc un taxi et, quinze minutes plus tard, pénètrent dans la salle des ventes, noire de monde. À son vif soulagement, Alice apprend que si tous les bijoux et les pièces d'orfèvrerie ont été vendus, il reste encore des poupées. Elle se dirige vers le comptoir où celles-ci sont exposées, Bess et Marion sur les talons.

— La plupart de ces poupées sont anciennes et très précieuses, explique la jeune détective à ses amies. Il se peut que celle dont parlait la fille de Mme Struthers se trouve ici. Et puis, les voleurs qui ont pris la poupée à l'éventail ont probablement cherché à la revendre. Il n'est pas rare de retrouver de la marchandise volée dans les ventes aux enchères.

Après avoir passé toutes les figurines en

revue, sans succès, elle demande à un commissaire-priseur si tout est là.

— Les plus belles sont parties, lui répond-il. Vous avez manqué quelques merveilles. Une en particulier : un roi vêtu d'une cape recouverte de bijoux.

— Est-ce que, par hasard, vous savez qui l'a achetée ?

— Une femme, mais elle n'a pas donné son nom. Elle a payé en liquide et elle s'est éloignée juste après. Oh ! C'est elle, là-bas, avec son paquet, près de la sortie.

Se retournant vivement, Alice entrevoit une silhouette dans le hall d'entrée. Nitaka ! La jeune fille se met à courir mais, encore une fois, elle n'est pas assez rapide. Nitaka a pris un taxi et, quand Alice atteint le bas du perron, la voiture a déjà disparu.

— Je l'ai encore laissée filer ! gémit-elle en rejoignant Bess et Marion. Pourvu que la poupée qu'elle a emportée ne soit pas celle que je recherche !

Le commissaire-priseur, intrigué par les propos de la jeune fille et vaguement séduit par son charme, lui dit :

— Si vous vous intéressez aux poupées anciennes, je peux vous en montrer une beaucoup plus rare que toutes celles qui ont été mises aux enchères ce matin. Nous ne l'exposons jamais. Attendez-moi, je reviens dans un instant.

En fin de compte, il ne réapparaît qu'au bout de dix minutes, les mains vides. À son air préoccupé, les jeunes filles comprennent qu'il y a un problème.

— Où est passé l'automate que je garde dans le coffre-fort de mon bureau ? s'enquiert-il auprès d'un employé.

— Vous l'avez sorti vous-même ce matin, monsieur, lui rappelle celui-ci.

— Oui, une main de la figurine avait besoin d'être réparée. J'ai posé la poupée sur ma table et maintenant, elle n'y est plus. Je l'ai cherchée dans toute la pièce ! J'espère qu'on ne l'a pas vendue par erreur !

Interrogés, tous les employés nient y avoir touché et encore moins l'avoir mise en vente.

— Elle a donc été volée ! se lamente le commissaire-priseur. Si elle tombe entre de mauvaises mains, elle peut représenter un très grand danger...

chapitre 8

Le voleur réapparaît

Surprise par cette dernière remarque, Alice veut savoir ce que le commissaire-priseur entend par « danger ». Devant la réticence de l'homme à répondre, la jeune fille insiste.

— Est-ce parce qu'elle contient du poison ? demande-t-elle.

Son interlocuteur écarquille les yeux.

— ... Euh !... oui, en effet, admet-il. Comment le savez-vous ?

— J'ai déjà eu affaire à ce genre de poupée, dit Alice, sans entrer dans les détails.

— Nous avions l'intention de la confier à un musée, continue l'homme, c'est pour ça que nous n'avons pas retiré la réserve de poison qu'elle contenait. Quand on appuie à un certain endroit, une poudre paralysante jaillit. À trop forte dose, le poison peut être mortel !

— Quelle horreur ! s'écrie Bess.

— Il vaudrait peut-être mieux prévenir la police et la presse sans tarder, suggère la jeune détective. C'est en faisant le plus de bruit possible autour de cet événement qu'on pourra avertir le voleur du danger qui le menace.

— Vous avez raison : je vais m'en occuper sur-le-champ, décide le commissaire-priseur en s'éloignant.

Toutefois, les trois amies l'entendent marmonner entre ses dents que ce serait bien fait si le voleur était empoisonné. Les jeunes filles s'apprêtent à quitter la salle des ventes quand Alice repère une armoire entrouverte, remplie de poupées. La voyant intéressée, un employé s'avance vers elle.

— Nous avons des figurines assez inhabituelles dans cette armoire, explique-t-il. Nous avons pris du retard ce matin, et nous n'avons pas pu les mettre en vente. Qu'est-ce que vous pensez de celle-ci ? Elle date de 1870.

Très originale, la poupée présente quatre visages interchangeables : l'un rit, l'autre pleure, le troisième fait la grimace et le quatrième ferme les yeux comme pour dormir. Il suffit de faire pivoter la tête pour qu'une expression ou l'autre apparaisse entre les bords d'un joli bonnet à rubans.

— Elle coûte combien ? s'enquiert Alice, certaine que Mme Struthers sera heureuse de l'ajouter à sa collection.

Le vendeur cite un chiffre bien inférieur à celui auquel la jeune fille s'attendait, alors elle paie sans discuter. Comme elle s'attarde à regarder les autres poupées, Marion s'impatiente.

— Bon, cette fois, on y va, ordonne-t-elle d'un ton sans réplique.

Et, tirant son amie par le bras, elle se dirige vers la sortie.

Les jeunes filles s'arrêtent dans un café pour commander quelques sandwiches à emporter à bord de *La Divine*. Alice en profite pour téléphoner à son père pour le mettre au courant de leur projet.

— Papa préviendra vos parents pour qu'ils ne s'inquiètent pas si on prend du retard, dit-elle à ses amies.

— On est vraiment obligées de revenir en bateau ? gémit Bess. Je ne sais pas si c'est très prudent.

— Tu t'inquiètes toujours pour tout ! s'énerve sa cousine. Et puis on se débrouille bien à la voile toutes les trois !

— Quand il fait beau, oui, mais s'il y a trop de vent, je suis sûre d'avoir le mal de mer, réplique la peureuse.

Alice et Marion la persuadent que la traversée leur donnera l'expérience nécessaire pour bien se classer le jour des régates. Cet argument ne la convainc qu'à moitié ; pourtant, elle finit par céder.

— C'est bon ! Vous avez gagné ! soupire-t-elle.

L'après-midi promet d'être très chaud, aussi, elles prennent la précaution d'emporter plusieurs bouteilles d'eau et de jus de fruits, qu'elles mettent dans la glacière. Enfin, elles s'apprêtent à descendre la rivière Fork.

— Si le vent ne tombe pas, on va rentrer en un temps record, déclare Alice en s'installant à la barre.

Pendant plusieurs milles, la navigation se poursuit sans incident. Puis, soudain, le vent semble vouloir tourner.

— C'était trop beau, grommelle Marion. On va perdre toute notre avance !

À cet instant, Alice voit une vedette à moteur quitter une plage encore assez lointaine. L'embarcation rapide soulève de grandes vagues. Quand elle est assez proche, les jeunes filles déchiffrent son nom à l'arrière : *Top Rail.* Un homme seul est à bord. À son costume, les trois amies devinent que ce n'est pas un pêcheur, mais plutôt un homme d'affaires.

« J'ai l'impression d'avoir déjà vu cette silhouette quelque part », songe Alice, lorsque la vedette n'est plus qu'à une douzaine de mètres.

À ce moment, le pilote tourne la tête et croise le regard de la jeune fille.

— C'est Anton ! s'écrie-t-elle.

Oubliant que le son porte loin sur l'eau, elle a élevé la voix. L'homme a dû l'entendre car, donnant un grand coup de volant, il fait virer son bateau et fonce vers la rive.

— Il a compris que je l'avais reconnu ! s'exclame Alice. Vite, suivons-le, il vient d'entrer dans un bras de la rivière !

— On ne pourra jamais le rattraper ! se lamente Marion en voyant son amie changer de cap. Tu es sûre que c'est ton voleur ?

— Sûre et certaine !

— Laisse tomber, Alice, il va beaucoup trop vite pour nous, tente de la raisonner Bess.

Déçue, la jeune détective se résigne à accoster à un ponton. Descendue sur la rive, elle questionne plusieurs personnes pour savoir s'ils ont aperçu le *Top Rail*. Les réponses sont toutes négatives.

— C'est à croire qu'il s'est évaporé, dit-elle à ses amies en les rejoignant. Tant pis. Repartons.

Les jeunes filles ont déjà perdu une bonne

heure. Pour couronner le tout, des nuages noirs s'amoncèlent à l'horizon.

— J'ai peur qu'il y ait un orage, annonce Alice en observant le ciel.

La perspective d'être trempées jusqu'aux os n'a rien d'enchanteur. Habile barreuse, la jeune fille parvient cependant à maintenir le voilier à une vitesse normale. À l'entrée de la baie, elle étudie avec soin la route à suivre. En mettant le cap sur le large, elles pourront réduire la traversée de dix milles au moins. Oui, mais si l'orage éclate ?

— Prenons la route la plus rapide, insiste Marion, la voyant hésiter.

— Ce serait plus prudent de rester près de la rive, proteste Bess, inquiète. L'orage risque d'éclater quand on sera au beau milieu de la baie.

— Ce n'est pas grave, répond sa cousine. Ce ne sera pas bien méchant. Avec ce vent, on devrait atteindre la rive d'en face en moins d'une heure. Pense au temps qu'on va gagner !

— Comme vous voudrez, s'incline Bess, à contrecœur.

Pendant une demi-heure, le voilier se maintient à une vitesse raisonnable grâce à la compétence d'Alice et de Marion. Mais le ciel s'obscurcit de minute en minute et des ombres sinistres courent sur l'eau.

— Je persiste à dire qu'on aurait dû suivre la rive, bougonne Bess. On ne peut pas revenir en arrière ?

— Trop tard, affirme la barreuse.

— Si on chavire, on ne pourra jamais rejoindre la côte à la nage, on est beaucoup trop loin, gémit Bess, au bord des larmes.

Le visage tendu, Alice s'efforce de maintenir le petit voilier sur son cap, non sans lever de temps à autre les yeux vers les nuages de plus en plus noirs qui s'amassent au-dessus de leurs têtes.

— Rentrez tout ce que vous pouvez ! lance-t-elle à ses amies. Il va tomber des cordes, essayez de trouver un coin pour mettre nos affaires à l'abri !

Sans aucun avertissement, une rafale heurte le voilier par l'arrière avec une force si grande que le bateau se met à tanguer dangereusement.

— On va chavirer ! sanglote Bess.

— Portez tout votre poids à bâbord ! ordonne Alice en s'agrippant désespérément à la barre. Cramponnez-vous !

chapitre 9

Mauvaises nouvelles

Le voilier s'incline de plus en plus. Alice tire de toutes ses forces pour empêcher la voile de toucher l'eau. Si jamais cela se produisait, les jeunes navigatrices chavireraient pour de bon.

— On va se noyer ! hurle la plus peureuse des trois.

Plus courageuse que sa cousine, Marion fait de son mieux pour aider Alice. Mais une nouvelle rafale les projette à terre et la barreuse manque perdre le contrôle du bateau. Pendant quelques secondes terribles, l'embarcation ne semble se maintenir à flot que par miracle. Enfin, les deux amies parviennent à la redresser.

— Je n'en peux plus ! se lamente Bess. C'est trop horrible !

— Secoue-toi un peu, au lieu de te plaindre ! hurle Marion par-dessus le rugissement du vent.

— La tempête va se calmer, lui crie Alice de son côté pour la rassurer.

En effet, le vent cesse bientôt de souffler en rafales et le voilier parvient à garder son cap sans trop de peine.

— On est sauvées ! s'écrie Bess, les yeux remplis de larmes de soulagement.

— J'ai bien cru qu'on allait y rester, confesse Marion.

— Moi aussi, avoue Alice.

Le vent faiblit et, dix minutes plus tard, l'orage s'éloigne.

— Il ne nous reste plus qu'à nous sécher ! chantonne Bess, complètement remise de sa frayeur. Quelle tête je dois avoir !

— Regarde ! Un arc-en-ciel ! Ça porte bonheur, il paraît, s'amuse Marion.

Après ces émotions, la route à travers les trois rivières qui confluent dans la baie est lente et monotone. Les arbres qui bordent la rive par endroits coupent le vent, ralentissant le bateau. Les trois amies ont parfois l'impression que le voilier rampe sur l'eau. Alors, elles empoignent les avirons et rament vigoureusement. Le crépuscule les surprend alors qu'elles sont encore à plusieurs milles de leur destination.

— Ce serait trop dangereux de naviguer de nuit. On risquerait de s'échouer, déclare Alice.

Il ne nous reste plus qu'à accoster quelque part avant qu'il ne fasse trop noir.

— Moi, je suis épuisée, soupire Bess. Mais où est-ce qu'on va aller ?

— On pourrait dormir dans une ferme, suggère Marion.

— Ou dans un camping, propose Alice. J'en aperçois un sur la rive.

Elle tend le bras en direction de cabanons en bois groupés sur une pente verdoyante. Une pancarte indique qu'on peut en louer pour la nuit à un prix raisonnable. Après s'être amarrées au ponton, les trois amies dînent, téléphonent à leurs parents respectifs et se mettent au lit de bonne heure.

— Interdiction de me réveiller avant neuf heures ! annonce Bess en fermant les yeux.

Elle est tellement exténuée qu'elle se réveille bien après Alice et Marion. Le soleil pénètre à flots dans la cabane.

« Ouf ! Il n'y a plus de tempête ! » constate-t-elle, tout heureuse.

À la vue des autres couchettes vides, elle se lève en vitesse, s'habille et se précipite dehors. Personne en vue. *La Divine* se balance doucement sur l'eau.

« Elles ne doivent pas être bien loin », se rassure la jeune fille, et elle regagne le cabanon. Marion vient juste d'y arriver.

— Où étais-tu passée, et où est Alice ? demande sa cousine d'un ton vexé.

— Je ne sais pas où est partie notre détective en chef. Elle doit être en train de mener une enquête quelque part, je suppose. Quant à moi, je n'ai pas perdu mon temps ! Mademoiselle la flemmarde désire-t-elle entendre le récit de mes exploits ?

— Seulement si ça en vaut la peine, réplique Bess sur le même ton persifleur.

— Et comment que ça en vaut la peine ! J'ai appris au bureau de poste que le *Top Rail* avait été volé !

— C'est vrai ?

— Oui, le voleur l'a abandonné sous des saules pleureurs pas très loin d'ici, mais je parie qu'il l'aurait maquillé et vendu si Alice ne l'avait repéré. Tiens ! la voilà. Elle a l'air plutôt agitée...

En effet, les yeux de leur amie brillent d'excitation.

— Regardez ce que j'ai trouvé ! fanfaronne-t-elle en brandissant un morceau de papier tout froissé et couvert de boue.

— On dirait un vieux programme de concert, hasarde Marion.

— Bien deviné ! Et tu sais comment s'appelle l'artiste : Romano Pepito !

— Le violoniste tzigane ! s'exclame Bess. Où est-ce que tu as ramassé ça ?

— Dans un champ, tout près, explique Alice. Je suis allée me promener ce matin et je suis tombée sur un terrain de campement désert, au bord de la rivière. Je l'ai parcouru dans tous les sens et j'ai fini par comprendre qu'une caravane de gitans était passée par là à peine quelques heures plus tôt. Il y avait encore des traces de feu sur le sol et j'ai repéré une vieille tente déchirée, qu'ils ont laissée derrière eux. C'est à côté d'elle que j'ai trouvé ce programme. Il date de plusieurs années, je pense, mais c'est tout de même un indice.

— Ça signifie qu'au moins un des gitans connaissait Romano Pepito, déduit Bess.

— Ou encore, qu'il faisait partie de la caravane, enchaîne Alice. J'ai bien envie de la retrouver pour savoir s'il s'y trouve ou non.

— Pas question ! Il faut qu'on ramène le voilier à River City, lui rappelle Marion.

— C'est vrai, convient son amie, mais on n'est pas pressées. Je vais téléphoner chez moi pour avoir des nouvelles. On prendra une décision après.

Elle se rend à la réception du camping, d'où

elle appelle Sarah. Cinq minutes plus tard, elle rejoint ses amies.

— Il va falloir modifier nos plans, les filles, annonce-t-elle, la mine soucieuse. Je ne peux ni suivre les gitans, ni revenir avec vous en bateau. Je dois prendre le premier train pour River City ; il est arrivé quelque chose chez les Struthers. Mme Carol a appelé Sarah pour la prévenir que Rose et sa grand-mère ne vont pas bien. Elles veulent me voir à tout prix.

— Il faut que tu y ailles, c'est évident, soupire Bess.

— Je suis désolée de vous laisser en plan, mais vous vous débrouillerez très bien sans moi, pas vrai ? dit Alice en souriant.

— Tant qu'on ne traverse pas cette maudite baie, grommelle Bess.

Marion s'efforce de surmonter sa déception.

— On fera de notre mieux, assure-t-elle. Mais on risque de mettre des heures à atteindre River City. On n'est pas aussi douées que toi.

— Bien sûr que si !

Peu après, les deux cousines quittent le ponton tandis qu'Alice se dirige vers la gare la plus proche. Moins d'une heure et demie plus tard, elle débarque à River City. Elle appelle en vitesse les parents de Bess et de Marion pour les prévenir que leurs filles rentreront dans la journée avec le bateau puis, sans plus attendre, elle se fait conduire en taxi chez Mme Struthers.

— Je suis bien contente de vous voir ! s'écrie Mme Carol en lui ouvrant. Ça va plutôt mal ici !

— Qu'est-ce qu'il se passe ?

— Une petite voisine, Janie Bond, est allée inventer une histoire stupide. Elle répète à tout le monde que le père de Rose vient d'une tribu de gitans méprisée de tous parce que ses membres sont des escrocs de la pire espèce.

— Pauvre Rose ! soupire Alice. Son père est un violoniste de talent.

— Oui, je le sais. Mme Struthers m'a tout raconté ce matin, mais elle ne veut pas en parler à la petite.

— Elle est dans sa chambre ?

— Oui, elle est bouleversée ! Je voulais appeler le médecin, mais elle a refusé.

La jeune fille monte l'escalier quatre à quatre. Sur le palier, elle croise Rose, les yeux rouges et la mine défaite. La petite s'enferme dans sa chambre sans même dire bonjour à la visiteuse. Celle-ci hésite à aller la voir mais se décide finalement à entrer dans la chambre de la maîtresse de maison.

— Oh ! Alice, qu'est-ce qu'on va faire ? gémit celle-ci à sa vue.

La jeune détective lui prend la main et s'efforce de l'apaiser.

— Ne vous tracassez pas comme ça, l'implore-t-elle. Les enfants parlent sans réfléchir.

— Vous vous rendez compte de la honte que ces boniments jettent sur notre famille ? rétorque Mme Struthers, d'une voix tremblante d'énervement. Comme si je n'avais pas assez souffert de la mort de ma fille, voilà qu'on va l'accuser d'avoir épousé un voleur !

— La plupart des gens savent que les gitans et les Tziganes sont dignes de respect. Ils ne croiront jamais les balivernes d'une gamine.

Alice encourage ensuite la pauvre grand-mère à réconforter Rose.

— Elle est très sensible. Si vous ne lui expliquez pas les choses clairement, elle est capable de faire une bêtise.

— Laquelle ? questionne Mme Struthers, surprise.

— Elle pourrait fuguer, par exemple.

La peur se peint sur les traits de la vieille dame. Elle reste silencieuse pendant quelques secondes.

— Alice, articule-t-elle enfin, vous avez raison. J'ai perdu la tête. Je vais tout dire à Rose.

— C'est une sage décision. Je vous attends en bas.

La grand-mère et la petite-fille restent une bonne demi-heure ensemble, puis elles descendent au rez-de-chaussée. Quel changement dans leur physionomie ! Toutes deux sourient et leur visage est détendu. Mme Struthers annonce à la jeune fille que tout est réglé, à un détail près : Rose refuse toujours obstinément de retourner à l'école. Elle a peur que ses camarades se moquent d'elle. De nouveau, la vieille dame fait appel à Alice pour résoudre ce problème. Après avoir réfléchi un moment, celle-ci émet une suggestion :

— Vous pourriez peut-être faire donner des leçons particulières à Rose ? Et y ajouter des cours de musique et de danse.

— Oh ! Dis oui, mamie, s'il te plaît ! s'écrie la petite fille en battant des mains. Je veux jouer du violon, comme papa !

Mme Struthers sourit.

— C'est bon, j'accepte ! Vous avez quelqu'un à me conseiller, Alice ? Je ne connais aucun professeur à River City.

— Je vais me renseigner, promet la jeune fille, avant de prendre congé de la grand-mère et de sa petite-fille.

Lorsqu'elle se retrouve dehors, elle décide d'aller parler à Janie Bond, pour savoir d'où celle-ci a tiré son histoire. Alice se rend donc à l'école et arrive à l'heure de la sortie. Elle interroge plusieurs fillettes et l'une d'elle finit par lui indiquer une petite fille aux longs cheveux blonds.

— Bonjour, Janie, commence-t-elle. Je voudrais te parler de Rose Struthers.

— Je ne sais rien sur elle, marmonne-t-elle. Laissez-moi rentrer chez moi.

— Qui t'a appris que Rose était tzigane ?

— Je ne vous le dirai pas.

— Tant pis ! Je le demanderai à ta maman, déclare Alice en faisant semblant de s'éloigner.

— Non, attendez ! crie l'écolière. Ne répétez pas à maman ce que j'ai raconté, implore-t-elle. Je vais tout vous expliquer !

chapitre 10

Sauvetage dans la baie

— Bien, décrète Alice en s'arrêtant. Alors ? Qui t'a dit que Rose était tzigane ?

— Une femme bizarre, répond la petite fille. Je jouais devant l'école avec des amies et elle est venue nous demander si Rose était déjà sortie.

— Est-ce que cette femme avait l'air d'une gitane ?

Janie hausse les épaules.

— Je ne sais pas, moi. Elle avait des yeux noirs, des cheveux roux et de grandes boucles d'oreilles. Elle nous a posé un tas de questions sur Rose.

— Lesquelles ?

— Elle voulait savoir à quelle heure elle sortait de l'école, si elle rentrait directement chez elle... ce genre de choses. Après, elle nous a dit que le père de Rose était un Tzigane et elle est partie.

— Ce n'est pas tout ce que tu as raconté aux autres enfants...

— Le reste, je l'ai inventé, confesse Janie en baissant la tête. Je suis désolée, je le jure !

— Rose est la fille d'un grand violoniste. Il est tzigane, c'est vrai, mais il n'y a rien de honteux à ça, bien au contraire. La plupart de ces gens sont des artistes et ils sont très attachés à leur culture.

Honteuse d'elle-même, Janie veut s'éclipser. Mais Alice n'est pas disposée à la laisser partir sans avoir obtenu plus d'informations sur la mystérieuse femme qui s'intéresse tant à Rose.

— Est-ce que l'inconnue qui t'a parlé conduisait une voiture noire ? continue-t-elle.

— Oui, et elle s'est mise en colère quand Billy West a bousculé sa valise.

— Sa valise ?

— Oui, elle s'est ouverte quand Billy a foncé dessus. Et devinez ce qu'il y avait dedans ?

— Je donne ma langue au chat.

— Des poupées ! Mais elles n'étaient pas neuves. On a voulu les regarder, alors elle s'est fâchée.

— Tu as pu voir les poupées, Janie ?

— Oui, j'étais tout près. Ce n'étaient pas des

belles poupées comme on en voit dans les magasins. Il y en avait une qui tenait un éventail à la main. Une autre un violon.

Des renseignements que Janie lui fournit avec insouciance, Alice conclut sans difficulté que la femme est bien celle qui a volé la poupée à l'éventail de Mme Struthers. Elle est tout aussi persuadée que c'est la fameuse Nitaka, qu'elle a croisée à la foire puis revue à la vente aux enchères de poupées à Jefferson. Cependant, l'intérêt que la gitane semble porter à Rose n'est pas pour la rassurer, bien au contraire. L'enfant court-elle un danger ?

— Je peux m'en aller maintenant ? demande la petite fille timidement. Je vous promets de ne plus raconter d'histoires sur Rose.

— C'est bien, approuve Alice. Si par hasard tu revois cette femme, préviens-moi tout de suite.

Elle écrit son nom et son numéro de téléphone sur une feuille de papier, qu'elle remet à la petite écolière. Un instant, elle est tentée de révéler à Mme Struthers ce qu'elle vient d'apprendre. À la réflexion, elle estime cependant qu'il vaut mieux ne rien en faire. La pauvre femme est déjà à bout de nerfs et l'idée qu'une menace pèse sur Rose risquerait de la traumatiser encore plus. Alice rentre donc chez elle, pour demander conseil à son père.

— Ce que tu me dis est en effet assez inquiétant, admet l'avocat, après avoir écouté sa fille lui raconter les événements de la journée. À mon avis, il serait plus prudent qu'un détective surveille les alentours de la maison des Struthers.

— Mais on sera obligés de prévenir Mme Struthers, objecte la jeune fille. Et je crois qu'elle est suffisamment bouleversée comme ça.

— Tu as raison. Voilà ce que je propose : je vais engager un détective sous ma propre responsabilité et lui ordonner de ne parler de sa mission à personne. Je me chargerai de ça dès demain matin.

À cet instant, la sonnerie du téléphone retentit dans l'entrée. L'avocat se lève pour répondre, puis tend le combiné à sa fille.

— C'est pour toi. Mme Taylor.

D'une voix que l'émotion fait trembler, la mère de Bess lui apprend que ni sa fille ni Marion ne sont encore rentrées.

— Je suis avec ma sœur et nous commençons à nous faire beaucoup de souci. Qu'est-ce qui a bien pu leur arriver ?

Alice jette un coup d'œil par la fenêtre. Il n'y a pas un souffle d'air.

— Elles ont dû s'ensabler quelque part, répond-elle. Ne vous inquiétez pas, je vais les chercher avec un canot à moteur.

— Merci ! Me voilà rassurée, dit Mme Taylor avec soulagement.

Sans perdre une seconde, la jeune fille se rend en voiture au quai, où elle loue une vedette rapide. Une demi-heure plus tard, elle se range le long de *La Divine.*

— Alice, s'exclame Bess. Il était temps ! On n'avait plus la force de ramer. Et en plus, j'ai pris un coup de soleil... Je n'ai plus qu'une envie : rentrer chez moi !

— Après ton départ, on n'a eu que des ennuis, continue Marion. Le vent n'a pas arrêté de faiblir, il n'y avait aucun moyen de remonter le courant. J'ai bien peur que ce voilier ne soit pas à la hauteur de tes espérances.

— Tu as déjà vu un bateau avancer sans vent ? rétorque Alice. Vous voulez que je vous prenne en remorque ?

— Oui ! s'écrie Bess en sautant dans la vedette. Je n'en peux plus !

— Ce n'est même pas la peine de poser la question ! renchérit Marion.

Les trois jeunes filles fixent donc le voilier à l'arrière de la vedette et reprennent en riant le chemin de River City.

Au cours des jours suivants, les trois amies, aidées par un jeune employé du club de voile, s'affairent autour de *La Divine,* qui est bientôt recouverte d'une peinture blanche éclatante. Elles s'exercent aussi à la manœuvrer pour l'avoir bien en main le jour des régates.

La jeune détective n'en oublie pas pour autant les Struthers, à qui elle rend fréquemment visite. Rose déborde d'enthousiasme et travaille avec ardeur le violon et la danse. Ses professeurs affirment qu'elle est très douée et Mme Struthers est ravie.

Un jour, Alice lui apporte le paquet contenant la poupée aux quatre visages. La grand-mère de Rose admire la poupée et s'amuse à faire pivoter la tête.

— Ça faisait longtemps que je recherchais une poupée de ce genre. Merci, Alice, dit-elle.

— J'aurais préféré vous rapporter celle dont parlait votre fille...

— Justement, il va bientôt y avoir une vente de poupées rares à New York. Je ne peux pas y aller moi-même, parce que je ne veux pas laisser Rose toute seule ici. Vous accepteriez de vous y rendre à ma place ?

— Pourquoi pas ? Je découvrirai peut-être quelque chose d'intéressant...

En fait, Alice se réjouit de cette occasion de partir pour New York. Elle aime beaucoup cette ville et en profitera pour rendre visite à sa tante Hélène, qu'elle n'a pas vue depuis des mois.

— J'aurais tellement souhaité y aller moi-même ! soupire Mme Struthers. Alfred Blackwell va donner un concert là-bas dans deux jours.

— C'est vrai ? s'exclame Alice. Mais alors, je pourrai l'entendre de nouveau !

En son for intérieur, elle ajoute :

« Et j'essaierai de me débrouiller pour discuter avec lui. Après tout, il est violoniste. Il est possible qu'il connaisse le père de Rose et qu'il sache où il est actuellement. »

À voix haute, elle reprend :

— La vente doit avoir lieu quand ?

— Mercredi, deux jours après le concert.

— C'est décidé, je vais faire mes valises tout de suite ! répond Alice, avec son entrain habituel.

chapitre 11

Le violoniste

Dès le lendemain, la jeune détective prend le train pour New York. Le voyage passe en un clin d'œil tant elle est enchantée par la beauté du paysage qui défile devant ses yeux. Lorsqu'elle arrive à la gare, pourtant, l'heure n'est plus à la rêverie.

« À nous deux, New York ! » songe-t-elle, en se dirigeant d'un bon pas vers la station de taxi.

Dix minutes plus tard, elle sonne à la porte de l'appartement de sa tante, une charmante femme d'une quarantaine d'années, qui l'accueille à bras ouverts. Mlle Roy installe aussitôt sa nièce dans la chambre d'amis et l'aide à déballer ses affaires.

— Mais ta valise est presque vide ! s'étonne-t-elle en riant. Quelle idée aussi de partir comme ça du jour au lendemain !

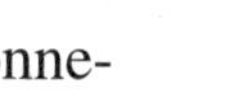

— J'ai été prise d'une envie subite de dévaliser les magasins de New York ! répond sa nièce en riant également.

— Ça ne te ressemble pas beaucoup, réplique tante Hélène. Telle que je te connais, tu dois encore être en train de mener une enquête.

— On ne peut rien te cacher !

La jeune fille résume en quelques mots à sa tante le mystère qu'elle cherche à élucider. Elle lui fait part également de son espoir de retrouver la trace de Romano Pepito en interrogeant Alfred Blackwell, après son concert.

— Je vais réserver des places pour nous deux, propose Mlle Roy. Et maintenant, parle-moi un peu de ton père, de Sarah et de tous tes amis de River City.

Alice passe une soirée délicieuse en compagnie de sa tante. Le lendemain, toutes deux sillonnent les rues de la ville, visitent des musées et ne résistent pas à la tentation de faire quelques emplettes. La jeune fille achète deux robes très simples et une autre, plus élégante, pour assister au concert.

Le soir, Mlle Roy et Alice arrivent tôt à la salle de spectacle. Avant de gagner sa place, la jeune détective confie une lettre à l'ouvreuse en la priant de la remettre au violoniste. Peu après, celle-ci lui rapporte la réponse : l'artiste la recevra avec sa tante juste après le concert. Comme la fois précédente, le musicien exécute avec virtuosité et élégance des airs magnifiques. Toute la salle est tendue par l'émotion et ne perd pas une note de sa sublime prestation.

Bientôt pourtant, le spectacle touche à sa fin et de vibrantes ovations saluent le dernier morceau. Mlle Roy et Alice se rendent alors dans la loge d'Alfred Blackwell. Après l'avoir félicité chaleureusement, la jeune fille lui explique brièvement la raison de sa requête :

— Romano Pepito ? répète Alfred Blackwell, légèrement surpris. Oui, je le connais. Je l'ai entendu jouer plusieurs fois. C'est un excellent violoniste. Il a une façon incomparable d'exprimer la tristesse et la joie des chants tziganes.

— Vous savez où il se trouve en ce moment ?

— Non, ça fait des années que je ne l'ai pas vu. Vous le connaissez ?

— Seulement de réputation, mais j'aimerais beaucoup faire sa connaissance.

— J'ai peut-être quelque chose qui pourra vous aider... Si vous voulez bien passer à mon hôtel, demain dans la matinée.

— C'est entendu, conclut Alice après avoir interrogé sa tante du regard.

À onze heures, le lendemain, toutes deux

frappent à la chambre de l'artiste. Celui-ci les accueille avec gentillesse.

— J'ai appelé plusieurs de mes amis pour leur demander s'ils savent où est Romano Pepito, commence-t-il. Curieusement, personne n'a de ses nouvelles. C'est comme s'il avait disparu du milieu artistique.

Devant la mine déçue d'Alice, il attrape une photo sur une table et la tend à la jeune fille.

— C'est ça que je voulais vous confier, révèle-t-il. C'est une photo de Romano qui date de quelques années. Un bel homme, pas vrai ?

La jeune fille ne s'attendait pas à un visage aussi fin et sensible, ni à cette expression pleine de bonté.

— Si cette photo peut vous aider dans vos recherches, je vous la donne, continue le violoniste.

— Merci beaucoup, répond la jeune fille, avant de prendre congé.

Le lendemain matin, Alice et sa tante se rendent à la vente de poupées signalée par Mme Struthers. Une seule figurine retient l'attention de la jeune fille. D'après le commissaire-priseur, elle date de la guerre d'Indépendance et servait à transporter des messages secrets à travers les lignes ennemies. La tête, qui s'enlève grâce à un mécanisme ingénieux, cache en fait une cavité dans laquelle on glissait des notes ou même des médicaments. On utilisait les enfants des prisonniers de guerre, seuls autorisés à leur rendre visite, pour faire passer ces poupées et leur contenu sans éveiller la suspicion.

Dès la mise à prix, la jeune détective chuchote à l'oreille de sa tante qu'elle désire l'acheter pour Mme Struthers. Les enchères montent rapidement. Bientôt, il ne reste plus en compétition qu'Alice et une femme placée au fond de la salle.

« Tiens ! On dirait la voix de Nitaka ! » se dit la jeune fille en se retournant.

Une écharpe dissimule les cheveux et une partie du visage de la femme, qui annonce un prix. Alice fait monter l'enchère, et l'autre acheteuse se tait. Le commissaire-priseur annonce alors :

— Adjugé à la jeune fille du troisième rang.

Au fond de la salle, l'inconnue maugrée, se lève et sort. Dans sa colère, elle laisse glisser son écharpe, qui révèle des cheveux roux.

« C'est bien Nitaka ! » conclut la jeune détective.

Cette fois, Alice n'a pas l'intention de la laisser s'enfuir ! Elle se lève à la hâte, et prévient sa tante de son intention.

— Sois prudente, Alice, je ne voudrais pas

qu'il t'arrive quelque chose, la met en garde Mlle Roy.

— Ne t'inquiète pas, tante Hélène. Je te retrouve chez toi tout à l'heure.

La jeune fille rattrape rapidement Nitaka, qui se dirige vers une station de métro. Alice se glisse de justesse dans la rame où la gitane est montée. Après un trajet d'un quart d'heure, celle-ci descend et s'engage dans l'escalier conduisant à la rue, la jeune détective sur les talons. La femme marche quelques dizaines de mètres puis entre dans un immeuble vétuste. Elle ne s'est apparemment pas rendue compte de la traque dont elle fait l'objet. Quelques secondes plus tard, Alice pénètre à son tour dans le bâtiment. Mais Nitaka a disparu.

Décontenancée, la jeune fille questionne un groupe d'enfants qui joue dans la cour du bâtiment.

— Vous êtes de la police ? demande un jeune garçon avec une expression craintive.

— Non.

— Alors vous êtes venue pour vous faire dire l'avenir ?

— C'est ça, oui, répond Alice dans l'espoir que l'enfant la conduira à Nitaka.

— Ma grand-mère sait le faire, déclare le gamin.

— Tu es gitan ?

— Oui, ma grand-mère aussi.

— Où est-elle ?

— Là-haut. Je vais vous amener chez elle.

Plantant là ses camarades de jeu, l'enfant aux yeux noirs fait signe à la jeune fille de le suivre. Très excitée, celle-ci lui emboîte le pas. Cependant, après avoir parcouru quelques mètres dans la cour, elle s'arrête. Que fera-t-elle si Nitaka l'aperçoit ?

— Venez, la presse le petit garçon. Ma grand-mère ne reçoit personne après midi et il est déjà midi moins cinq !

Nitaka et la gitane sont peut-être complices... Alice se rend bien compte qu'elle prend un grand risque, mais comment pourrait-elle laisser échapper cette occasion, unique peut-être, d'en apprendre plus sur la mystérieuse Tzigane ?

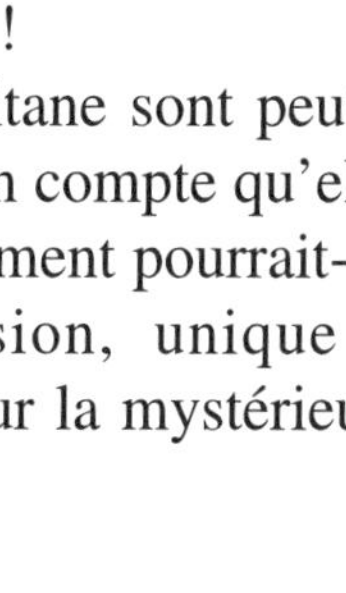

chapitre 12

La diseuse de bonne aventure

Alice n'hésite pas plus longtemps. Le cœur battant, elle rattrape le jeune garçon, qui lui fait prendre un escalier aux marches branlantes et l'emmène au deuxième étage. Enfin, il s'arrête devant une porte. Le bruit d'une dispute leur parvient.

— Nous avons besoin d'argent pour la Cause, je vous le répète, dit une femme d'un ton autoritaire. Nous n'acceptons aucune excuse !

La jeune détective reconnaît immédiatement la voix de Nitaka !

— Vous êtes en retard dans vos paiements. Il me faut au moins cent dollars ! continue la femme.

— Nous sommes pauvres. Nous n'avons pas d'argent, se lamente une autre voix. Nous n'avons même plus de quoi nous acheter à manger

— Manger ! s'exclame la première avec dédain. Notre salut est bien plus important que la nourriture !

Les questions se bousculent dans la tête d'Alice, qui sent qu'elle n'est pas loin de découvrir un élément essentiel pour son enquête ! Pourquoi Nitaka réclame-t-elle de l'argent ? Qu'entend-elle par « la Cause » ?

— Attendez un moment, lui chuchote le gamin, inquiet. Je vais prévenir ma grand-mère que vous voulez qu'elle lise dans les lignes de votre main.

Avant que la jeune fille puisse l'en empêcher, il pousse brutalement la porte et crie à la cantonade :

— Une cliente !

Juste après, la jeune détective entend un grand remue-ménage à l'intérieur. Des chaises sont repoussées, une porte claque. Au bout de quelques minutes, une vieille femme courbée vient chercher Alice en clopinant et la fait entrer dans une pièce minuscule. Elle porte une jupe d'un rouge flamboyant et une écharpe jaune drapée autour de ses cheveux, de son visage et de son buste.

— Bonjour, ma mignonne, caquette-t-elle.

— Est-ce que vous pouvez me prédire l'avenir ? enchaîne Alice.

— Asseyez-vous ! dit la gitane d'une voix rauque, en la poussant vers une chaise.

Elle saisit la main de la jeune fille et l'étudie attentivement. De son côté, Alice regarde avec stupeur les mains de la voyante : elles sont aussi fermes et lisses que celle d'une jeune femme !

— Vous n'habitez pas à New York, se met à débiter la vieille femme à toute vitesse. Vous êtes venue ici dans le but de retrouver un homme disparu. C'est exact ?

La détective a un mouvement de recul involontaire ; elle s'en repend aussitôt car elle vient de dévoiler ainsi à la diseuse de bonne aventure qu'elle a deviné juste.

— Ce que vous cherchez ne viendra jamais à vous, reprend la voyante. Si vous tenez à la vie, rentrez chez vous au plus vite et n'en bougez plus !

— Très intéressant, commente Alice sèchement, avant de lancer avec bravoure : En fait, je suis venue ici pour discuter avec une certaine Nitaka. Elle est là ?

D'un geste brusque, la femme retire sa main.

— Nitaka est partie, marmonne-t-elle.

— Je ne vous crois pas, réplique Alice, j'ai

entendu sa voix tout à l'heure. Elle doit encore être dans votre appartement !

— Nitaka n'est pas ici, s'entête la gitane. Si vous ne me croyez pas, vous n'avez qu'à vérifier vous-même. Ça m'est égal !

La jeune fille ne se le fait pas dire deux fois. Elle ouvre une porte et entre dans la pièce contiguë. Dans un coin, une vieille gitane en jupons se blottit frileusement. Alice devine aussitôt qu'on lui a joué un tour. La femme qui l'a reçue n'est pas la grand-mère du jeune garçon, mais Nitaka ! La jeune fille fait immédiatement demi-tour. Trop tard ! Nitaka s'est déjà volatilisée !

Alice revient dans l'appartement afin de tirer le plus de renseignements possible de la vieille gitane et de son petit-fils. Après les avoir soumis à un véritable interrogatoire, elle finit par apprendre que Nitaka vient souvent les voir pour leur soutirer de l'argent.

— Mais pourquoi ? Elle n'a aucun droit d'exiger des versements, s'étonne la jeune détective.

— Nous avons peur d'elle, soupire la vieille femme. Elle dit que le roi des gitans nous punira si nous ne payons pas.

— Ne vous inquiétez pas, la rassure gentiment la jeune fille. Elle ne viendra certainement plus vous déranger. Elle sait que je l'ai recon-

nue. Je vais vous laisser mon adresse et mon numéro de téléphone à New York. Appelez-moi si vous avez de nouveau un problème avec elle.

— Merci, répond tristement la vieille dame.

— Est-ce que je peux vous poser une dernière question ? interroge la détective. Connaissez-vous Romano Pepito ?

— Je... euh, non, je ne le connais pas, murmure la vieille gitane en détournant les yeux.

Alice n'insiste pas et dit au revoir. Elle descend vivement l'escalier aux lattes grinçantes et se retrouve avec plaisir dans la rue. Alors qu'elle hésite sur le chemin à prendre pour rentrer chez sa tante, elle entend qu'on l'appelle.

— Madame ? articule timidement le petit-fils de la vieille gitane. Une dame m'a donné ça pour vous dans le couloir.

— Est-ce qu'elle avait les cheveux roux ? demande la jeune fille, croyant qu'il s'agit de Nitaka.

— Non.

Il lui tend alors un paquet et repart aussitôt en courant. Ébahie, Alice n'a même pas le temps d'esquisser un geste pour le retenir. Elle examine un moment la grosse enveloppe qu'elle tient dans les mains, puis, reprenant ses esprits, elle l'ouvre sans plus attendre.

À l'intérieur, se trouve un vieil album, que la

jeune fille feuillette avidement. Les quelques photographies qu'elle découvre ne lui évoquent pas grand-chose mais, lorsqu'elle arrive à la dernière page, quelques mots griffonnés à la va-vite attirent son attention :

La source de lumière guérira tous les maux, mais une malédiction poursuivra celui qui l'enlèvera aux Tziganes.

Sous la citation, un nom apparaît en lettres minuscules : Henriette Bostwick. La jeune détective se retourne. Doit-elle revenir dans l'immeuble pour essayer de parler à la mystérieuse propriétaire du volume ? À la réflexion, elle abandonne cette idée. Si la femme avait voulu la contacter directement, elle n'aurait pas envoyé le petit garçon.

Alice s'éloigne donc, songeuse. Qui est cette mystérieuse femme ? La citation de la dernière page de l'album semble indiquer qu'elle a un lien avec Romano et Édith Pepito puisque c'est la même phrase qui figurait sur le message reçu par la fille de Mme Struthers... Mais de quel côté est-elle ? Est-ce une alliée inattendue ou un adversaire de plus ? Et Henriette Bostwick et elle ne sont-elles qu'une seule et même personne ?

chapitre 13

Un accueil peu aimable

Le lendemain matin, Alice quitte l'appartement de sa tante pendant quelques heures pour flâner une dernière fois dans les rues de New York avant de regagner River City. Elle rentre vers midi, ravie de sa balade. Pourtant, quand elle passe la porte, Mlle Roy l'interpelle, bouleversée :

— Enfin ! Je commençais à me faire un sang d'encre !

— Tu sais pourtant que je me débrouille très bien dans New York. Ce n'est pas la première fois que je viens.

— Non, non, ce n'est pas ça ! Je m'inquiète à cause de ce paquet.

Alice s'approche d'un colis posé sur la table et portant son nom. Comme elle s'apprête à l'ouvrir, sa tante l'en empêche vivement :

— Non ! N'y touche pas !

Pourquoi ?

— Il y a une demi-heure, une femme a téléphoné. Elle avait l'air très agitée et elle a refusé de me laisser son nom. Mais elle m'a prévenue que tu courrais un grand danger si tu ouvrais le paquet que tu allais recevoir !

Alice examine le paquet de près, sans y toucher. L'adresse est clairement libellée, mais le nom de l'expéditeur ne figure nulle part. De plus, il n'a pas été envoyé par la poste.

— Qui t'a apporté ça ? demande-t-elle à sa tante.

— Un livreur. À peu près un quart d'heure après ce coup de téléphone. Alice, il faut prévenir la police !

— Oui, tu as raison, approuve la jeune fille.

Quelques minutes plus tard, un inspecteur sonne à la porte de l'appartement. Il déclare rapidement qu'il faut emporter le paquet suspect au poste de police. Alice et sa tante partent donc avec lui. Après avoir utilisé un détecteur, l'homme conclut que le colis ne contient pas d'explosif. Il dénoue la ficelle qui l'entoure, défait le grossier papier d'emballage et reste muet de stupeur.

— Une poupée ! s'exclame-t-il au bout d'un moment. Et vous nous avez appelés pour ça ?

Avec un geste de mépris, il s'apprête à la saisir quand Alice intervient :

— N'y touchez pas ! C'est dangereux !

— Dangereux ? Vous voulez rire ! proteste l'inspecteur.

— Pas du tout ! Certaines poupées contiennent du poison, qui se diffuse dès qu'on les manipule ! D'ailleurs, c'est peut-être celle qui a été volée à Jefferson, il y a quelques jours.

— Vous en êtes sûre ?

— Non, c'est la première fois que je la vois. Il vaudrait mieux téléphoner au commissaire-priseur de la salle des ventes de Jefferson pour vérifier, propose Alice.

— En effet, acquiesce le policier en refermant la boîte.

Puis il ajoute d'un air soupçonneux :

— Vous avez une idée de la personne qui vous a envoyé ce paquet ?

La jeune fille lui fait une réponse évasive. L'expéditeur ne peut être que Nitaka, mais elle n'a aucun moyen de le prouver, alors elle préfère se taire.

« Qui a pu téléphoner pour me mettre en garde ? » se demande-t-elle cependant.

De toute évidence, deux personnes au moins connaissent son adresse à New York. L'une lui veut du mal, l'autre du bien.

— Nitaka m'a sûrement attendue hier quand je suis sortie de l'immeuble de la gitane, dit-elle à sa tante, et elle a dû me suivre jusque chez toi. Je ne vois pas d'autre possibilité. Et ma mystérieuse protectrice, c'est peut-être la femme qui m'a fait remettre l'album hier...

— En tout cas, on peut la remercier, soupire Mlle Roy.

En fin d'après-midi, Alice prend l'avion pour River City et arrive chez elle à l'heure du dîner. Après avoir fait le récit de ses aventures new-yorkaises à son père et à Sarah, elle téléphone à Marion.

— Je suis de retour ! annonce-t-elle avec bonne humeur. Comment ça va ?

Marion lui confie qu'elle se sent plutôt découragée. Bess et elle sont sorties tous les jours avec le voilier, mais ont rencontré quelques problèmes.

— Le bateau refuse de se laisser barrer sans toi ! Tu auras un peu de temps à nous consacrer demain ?

— En réalité, je pensais aller voir Mme Struthers, avoue son amie. Je lui ai rapporté un album où l'on retrouve la fameuse phrase sur la « source de lumière ».

— C'est vrai ? s'écrie Marion. Au fait, j'ai un

indice pour toi. Tu veux savoir où il y a un campement de gitans avec un violoniste ?

— Quelle question !

— Eh bien, rejoins-nous, Bess et moi, au club de voile demain matin, lance Marion en pouffant de rire. Si tu nous apprends quelques bons trucs pour faire avancer *La Divine,* on te conduira au fameux campement.

— Promis ! accepte Alice.

Le lendemain matin, elle se rend donc au club de bonne heure.

— J'étais sûre que ça t'intéresserait, déclare Bess en détachant l'amarre du voilier. L'autre jour, on est retournées du côté du terrain où tu avais trouvé le tract du concert de Romano Pepito. Un camp de Tziganes s'y est de nouveau établi et on a entendu un violon. On n'a pas aperçu l'artiste, mais qu'est-ce qu'il jouait bien !

La force du vent est relativement faible, pourtant *La Divine* file à bonne allure.

— Qu'est-ce que vous reprochez à ce pauvre voilier ? s'étonne Alice. Regardez à quelle vitesse il avance !

— Aujourd'hui, plus rien, répond Bess en riant. Il ne lui manquait qu'un bon barreur. Tu n'as pas intérêt à nous laisser tomber le jour des régates !

Pendant la demi-heure qui suit, Alice essaie de montrer à ses amies comment se placer pour manœuvrer le voilier. Tout à coup, Marion, qui tient la barre à son tour, annonce :

— On est tout près du camp. Je distingue les tentes d'ici ! Les gitans sont encore là.

Elle accoste rapidement au ponton, près duquel des enfants s'amusent. À la vue des jeunes filles, ils se mettent à parler entre eux, puis quelques-uns courent avertir leurs parents de l'arrivée des inconnues. Alice se dirige vers ceux qui sont restés sur la berge et leur demande en souriant :

— Comment s'appelle votre violoniste ?

— Murko ! crient-ils en chœur.

— Vous me le présentez ? lance-t-elle.

— Il n'y a que les gitans qui peuvent le voir, affirme une petite fille avec de grands yeux effrayés. Les étrangers n'ont pas le droit.

Là-dessus, une jolie femme, des anneaux tintant à ses oreilles et à ses poignets, s'approche vivement de la rive et propose aux jeunes filles de lire dans les lignes de leurs mains.

— Non, merci, réplique Alice. On m'a déjà prédit mon avenir il n'y a pas longtemps !

Juste à ce moment, les sons déchirants d'un violon leur parviennent d'une des tentes situées à l'extrémité du camp.

— Je préférerais rencontrer Murko..., tente-t-elle alors.

La gitane la regarde avec stupeur et, après un court instant d'indécision, murmure sur un ton énigmatique :

— La musique des Tziganes remplit l'air. Écoutez et vous apprendrez. Mais n'essayez jamais de percer leurs secrets, ou il vous arrivera malheur.

Cet avertissement donné, elle s'éloigne à pas pressés.

— Qu'est-ce qu'elle a voulu dire ? s'interroge Bess, inquiète.

— Je suppose qu'elle nous conseillait de déguerpir et de ne plus poser de questions sur le violoniste, déclare Marion.

— Dans ce cas, il vaut mieux filer, décide Bess en pivotant sur ses talons.

— Pas tout de suite ! implore Alice. J'aimerais en savoir un peu plus.

Elle se tourne vers le groupe d'enfants et demande :

— Vous aimez jouer à la poupée ?

Toutes les petites filles opinent dc la tête.

— Vous voulez bien me les montrer ?

Les fillettes hésitent un peu puis, devant le sourire engageant de la jeune fille, se précipitent vers les tentes, pour en revenir bientôt avec leurs trésors. Un rapide regard suffit à Alice pour comprendre qu'aucune de ces poupées n'est celle que Mme Struthers désire retrouver.

— Vous les aimez beaucoup, vos poupées, pas vrai ? reprend-elle gentiment.

— Oh ! oui, mais elles ne sont pas aussi belles que celles de Nitaka ! s'écrie une des petites filles.

Prenant bien soin de garder un ton naturel, Alice essaie d'obtenir quelques informations :

— Où est Nitaka ?

— Elle n'est plus là, explique une autre petite fille avec un haussement d'épaules.

— Nitaka n'arrête pas d'aller et venir, précise un troisième enfant. Elle ne reste jamais longtemps.

— Quand elle quitte le campement, elle est seule ou avec quelqu'un ? insiste Alice.

— D'habitude, Anton l'accompagne, mais pas cette fois, répond une petite qui porte avec tendresse une poupée de cire.

— Et Zorus ? Est-ce qu'il vit avec vous ?

— Le roi des gitans ? prononce la petite fille avec terreur et respect. Il est parti...

Avant qu'elle puisse en dire davantage, une cloche sonne et tous les enfants s'éparpillent en courant.

« Je me demande si on ne les a pas appelés exprès... » songe Alice.

— On y va maintenant, la presse Bess. Je n'ai pas envie qu'ils nous jettent dehors !

Comme elle parle, le violoniste se met à jouer la *Rhapsodie hongroise*.

— Il faut absolument que je voie cet homme ! s'exclame Alice. C'est peut-être Romano qui se cache sous le pseudonyme de Murko !

— Tu es folle ! panique Bess.

— La gitane vient de te mettre en garde de ne pas te mêler de leurs affaires, ajoute Marion, inquiète. S'il te plaît, ne...

Mais leur amie est déjà loin. Intrépide, elle s'élance en direction de la musique !

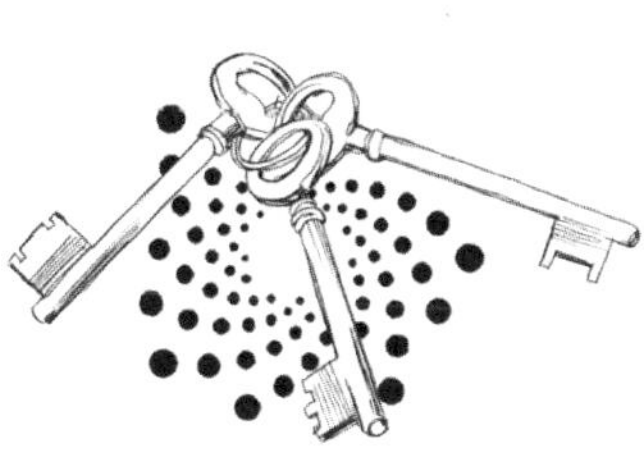

chapitre 14

Complications

Malgré sa détermination, Alice n'a pas le temps d'atteindre la tente d'où s'échappent les notes mélodieuses du violon. Une femme imposante, aux yeux sévères, lui barre le chemin.

— Allez-vous-en ! lui ordonne-t-elle d'une voix rauque. Vous n'avez rien à faire ici. Nous ne voulons pas de vous.

Au même moment, des chiens se mettent à aboyer tandis que des gitans sortent de leurs tentes et entourent la jeune fille en lui jetant des regards hostiles.

— Allez-vous-en ! Et ne vous avisez pas de revenir, crie de nouveau la femme.

— Je ne vous veux pas de mal, proteste la jeune détective, cherchant à gagner du temps. Je veux seulement discuter avec votre violoniste.

— C'est interdit !

La jeune fille comprend qu'il ne sert à rien d'insister. Elle se résigne donc à retourner au voilier.

— Partons d'ici le plus vite possible ! la supplie Bess.

Marion détache l'amarre et les trois amies prennent le chemin du retour.

— D'ailleurs, qui te dit que ce violoniste est ton Romano Pepito ? lance Marion à Alice avec philosophie. Et puis, je meurs de faim. On pourrait s'arrêter pour déjeuner à Wrightville, ça vous dit ?

Une demi-heure plus tard, les jeunes filles débarquent sur le quai de la petite ville. Sa bonne humeur revenue, Alice fait honneur au menu du restaurant qu'elles choisissent et se divertit ensuite en faisant du lèche-vitrines. Alors qu'elle s'attarde devant la vitrine d'un antiquaire, qui a exposé quelques poupées, un homme sort du magasin en trombe. Alice, abasourdie, le reconnaît à sa cicatrice !

— C'est Anton, le voleur ! Venez ! s'exclame-t-elle en se lançant sur ses traces. Cette fois-ci, je ne veux pas le laisser filer.

Se voyant repéré, l'homme se précipite vers un autobus prêt à partir et bondit à l'intérieur. Quelques secondes plus tard, le véhicule démarre.

— Il faut le suivre ! crie Alice à ses amies en constatant que le bus et son passager vont leur échapper.

Malheureusement, il n'y pas le moindre taxi en vue. Un passant leur indique la station la plus proche, mais elles n'y trouvent qu'une vieille voiture cabossée. De plus, le chauffeur refuse d'embarquer plus de deux passagères.

— Je vous attends ici, propose Bess.

— On ne pourra pas rattraper ce bus, déclare cependant l'homme quand Alice lui a expliqué ce qu'elle désire. Il a pris trop d'avance.

Dépitées, les deux jeunes filles renoncent à leur poursuite et retournent à leur point de départ, où elles retrouvent Bess.

— Osez dire que je ne suis pas une super détective ! fanfaronne celle-ci. Pendant que vous vous baladiez en voiture, je suis entrée dans le magasin d'antiquités où était notre voleur, et j'ai arraché des renseignements au brocanteur.

— Raconte vite ! la presse Alice.

— Cet homme lui a vendu une poupée pour cent cinquante dollars ! Pas mal, non ?

— Tu as vu la poupée, Bess ?

— Oui, c'est une poupée de chiffon qui date de l'époque des pionniers. Elle a de vieux gants sur les mains et des boutons de nacre à la place des yeux. Le vendeur m'a expliqué que son visage était peint avec des teintures végétales. N'empêche que je n'arrive pas à comprendre qu'on puisse mettre autant d'argent dans une poupée de chiffon !

— Elle intéressera probablement Mme Struthers. Je vais l'appeler pour lui demander si elle veut que je lui achète.

La jeune fille trouve rapidement une cabine téléphonique et compose le numéro de la vieille dame. Lorsque celle-ci répond, elle lui décrit la poupée dont Bess vient de lui parler.

— Merci Alice, mais j'en ai déjà une presque identique. Est-ce qu'il y a d'autres...

Elle ne peut terminer sa phrase car Rose, très excitée, l'interrompt pour raconter à Alice ses leçons de musique et de danse.

— Si vous saviez comme je suis contente ! crie-t-elle. Mes professeurs disent que je suis très douée. On va me faire passer une audition à la radio ou à la télévision, si mamie est d'accord.

— Je n'ai pas encore dit oui, intervient Mme Struthers. Rose ne veut plus étudier autre chose, Alice, et, si elle ne se décide pas à s'appliquer davantage dans les autres matières, je n'accepterai pas.

— Je ne vais pas travailler tout le temps non plus ! proteste la petite fille. C'est une vraie prison ici ! Dès que je sors, il y a quelqu'un qui me surveille !

— Qu'est-ce que c'est que cette histoire ? s'exclame Mme Struthers.

— Il y a un détective devant la maison. Il n'arrête pas de m'espionner, ça me tape sur les nerfs !

Très ennuyée que Rose ait découvert la présence du détective, Alice s'efforce de la calmer et de rassurer la grand-mère qui, évidemment, n'est au courant de rien.

— Ne vous en faites pas, la prie-t-elle. C'est de ma faute. Je passerai vous voir tout à l'heure pour vous expliquer tout ça.

Inquiètes de la tournure que prennent les événements, les trois amies regagnent le voilier, mais, la brise étant tombée, elles mettent plusieurs heures à rentrer.

Malgré ce contretemps, Alice se rend chez les Struthers dans la soirée. Une vive agitation règne dans la maison. Mme Struthers a donné l'ordre au détective de disparaître. La jeune fille lui explique pourquoi son père a engagé cet homme sans l'en avertir. Mme Struthers ne revient pourtant pas sur sa décision et refuse catégoriquement qu'un détective soit présent dans sa propriété.

— Voici la poupée que j'ai acquise pour vous à New York, annonce alors Alice, estimant qu'il est inutile de prolonger le débat. Je ne crois pas que ce soit celle que nous cherchons, mais elle m'a paru avoir sa place dans votre collection.

— En effet, déclare Mme Struthers en prenant la figurine avec curiosité. Je vous remercie, Alice.

— Et ce n'est pas tout ! déclare malicieusement la jeune fille. Je vous ai aussi apporté une photo de Romano Pepito.

La vieille dame ouvre de grands yeux.

— Je n'ai jamais vu son visage. Est-ce qu'il... ?

Avec un sourire, la jeune fille lui tend le cliché.

— Il est très beau et il a l'air d'une grande gentillesse. J'ai du mal à croire qu'il puisse faire du mal à qui que ce soit. On a dû le forcer à quitter votre fille et Rose.

Mme Struthers examine le portrait pendant plusieurs secondes sans parler. Des larmes coulent sur ses joues.

— Je regrette tellement que les choses se soient passées ainsi ! murmure-t-elle. Oui, il est très beau. Rose tient de lui. Elle a aussi hérité de ses dons artistiques.

— Quels dons artistiques ? répète soudain la voix de Rose, qui entre en dansant dans la pièce. À la vue de la photographie, elle s'écrie :

— C'est qui ? Non, ne me le dites pas. C'est mon papa !

— Qu'est-ce qui te fait croire ça ? questionne Alice afin de laisser à Mme Struthers le temps de décider si elle veut révéler la vérité à sa petite-fille.

— Parce que je lui ressemble ! déclare celle-ci.

La jeune détective lève un regard interrogateur vers Mme Struthers, qui se penche vers l'enfant avec tendresse.

— Oui, ma chérie, c'est bien ton papa, confirme-t-elle doucement.

Toute joyeuse, la petite réclame la photo et l'emporte dans sa chambre, la serrant fort contre son cœur. De son côté, Alice raconte à Mme Struthers comment elle a obtenu le portrait et lui fait part des démarches qu'elle a entreprises pour retrouver la trace de Romano Pepito.

— Est-ce que vous avez déjà entendu parler d'une certaine Henriette Bostwick ? demande-t-elle ensuite.

— Non, ça ne me dit rien.

La jeune fille lui montre alors le vieil album que la mystérieuse inconnue lui a fait parvenir et lit à Mme Struthers la phrase qui se trouve à la dernière page du volume.

— Ça alors ! s'exclame la vieille dame. C'est

exactement la même que celle que j'ai trouvée dans l'album d'Édith.

— C'est peut-être cette femme qui a envoyé cette phrase énigmatique à votre fille.

— C'est possible ! convient Mme Struthers.

La jeune détective l'informe ensuite de la présence à Wrightville du voleur du sac et de la poupée.

— Malheureusement, je l'ai encore laissé s'échapper, confesse-t-elle avec regret.

— Pourvu qu'on arrive tout de même à l'arrêter ! soupire Mme Struthers.

— Vous craignez qu'il ne détruise la lettre ? s'inquiète Alice.

— Oui. Je voulais que seule Rose en prenne connaissance, quand elle en aurait l'âge. C'est pour ça que je l'emportais toujours avec moi. C'est sa mère qui me l'a envoyée, peu après son mariage.

Mme Struthers ne s'explique pas davantage et la jeune fille a la délicatesse de ne pas insister.

— Souvent je ne dors pas la nuit, je me fais du souci, reprend Mme Struthers. Certains gitans sont très rancuniers. Il paraît que si quelqu'un viole leurs lois, ils se vengent sur un membre de sa famille. J'ai peur qu'ils fassent du mal à Rose parce que son père a épousé une étrangère.

— Ne pensez plus à ça, tente de la rassurer

la jeune fille, en se gardant bien de lui dire que la même chose la préoccupe.

Le lendemain matin, lorsqu'Alice descend pour le petit déjeuner, son père et Sarah vaquent déjà à leurs occupations. Sur la table, à côté de son assiette, il y a plusieurs lettres. L'une d'elles porte le tampon de la poste de Wrightville et l'adresse est curieusement libellée, comme si l'expéditeur cherchait à cacher son identité. Surprise, la jeune fille décachette l'enveloppe, qui ne contient qu'une feuille de papier très ordinaire portant ce message :

Restez chez vous, Alice Roy, et occupez-vous de vos affaires, sinon, il vous arrivera malheur !

chapitre 15

Attention !

En entrant dans la cuisine, Sarah devine tout de suite à l'expression de sa protégée que quelque chose ne va pas.

— Qu'est-ce que tu as ? questionne-t-elle avec sollicitude. J'espère que tu n'as pas reçu de mauvaises nouvelles.

Alice lui montre la lettre.

— Je parie que c'est le voleur que j'ai croisé à Wrightville qui m'a envoyé ça, déclare-t-elle. À moins que ce ne soit encore un coup de Nitaka, sa complice...

— Mais c'est terrible ! s'exclame la gouvernante, après avoir lu le message anonyme. Il faut que tu laisses tomber cette enquête, cela devient trop dangereux !

— Non, affirme Alice avec détermination. Je

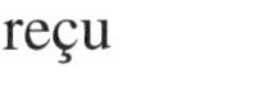

ne vais pas me laisser intimider par quelques mots.

— Promets-moi au moins de ne plus aller à Wrightville, la supplie Sarah.

— Si ça peut te rassurer, je n'y retournerai pas, promet la jeune fille en l'embrassant.

— Au fait, le club de voile a téléphoné pendant que tu étais sous la douche. On m'a dit quelque chose à propos de vêtements à déplacer.

— Ah ! c'est vrai... lâche Alice d'un ton insouciant. On m'a attribué un nouveau placard et j'ai laissé des affaires dans l'ancien.

— Sois prudente ! lui rappelle encore Sarah en la voyant sortir.

— Ne t'inquiète pas, il ne m'arrivera rien, répond gaiement la jeune fille.

Elle monte dans son cabriolet et prend la direction du club de voile, situé à quelques kilomètres en aval de River City. La route qui longe la rive est pratiquement déserte. Tout à coup, Alice aperçoit dans son rétroviseur une voiture noire, qui se rapproche à vive allure. Elle ralentit pour la laisser passer, mais le véhicule reste derrière le sien.

« Il me suit ! réalise alors la jeune fille. Ces menaces sont peut-être plus sérieuses que ce que je croyais ! »

La détective continue d'observer les manœuvres de l'autre voiture. Comme elle aborde un virage dangereux, elle la voit avec angoisse se rapprocher de plus en plus. Elle accélère à fond, sans parvenir à semer son poursuivant. À cinq cents mètres environ du club, celui-ci arrive à sa hauteur. Mais au lieu de la dépasser, il la pousse peu à peu vers le bas-côté ! Le cœur d'Alice bat à tout rompre...

Au même instant, son regard tombe sur une brèche dans les buissons, en contrebas de la route, trente mètres plus loin. En un éclair, elle se souvient qu'un étroit sentier part à angle droit de la route jusqu'à une clairière. Il est très abrupt, à peine assez large pour une voiture, mais elle n'a pas le choix.

« Pourvu que je réussisse à l'atteindre ! songe-t-elle, affolée. Après, je pourrai abandonner la voiture et courir. »

Encore quinze mètres ! Dix !

Plus que cinq mètres...

Brusquement, la jeune fille donne un grand coup de volant à droite. Sa voiture quitte la route, cahote sur le mauvais chemin de terre puis s'arrête. Alice retire en hâte la clef de contact, bondit hors du cabriolet et prend ses jambes à son cou. Au bout de quelques mètres, elle cesse de courir et se retourne. Surpris par sa

manœuvre, le conducteur de l'autre véhicule a renoncé à la suivre. La jeune détective le regarde disparaître à l'horizon. Ce dont elle se doutait depuis un petit moment devient limpide dans son esprit : la voiture noire est exactement la même que celle des voleurs de la poupée à l'éventail, autrement dit, c'est celle d'Anton et Nitaka !

Tremblant de la tête aux pieds, la jeune fille regagne son cabriolet et tente de le ramener sur la route. Malheureusement, les roues patinent dans une boue épaisse.

« Il ne me reste plus qu'à aller chercher de l'aide », conclut-elle.

Elle ferme les portières à clef et part à pied. Près d'un ponton, elle aperçoit John Holden, un vieil homme chargé de l'entretien du club.

— Bonjour, John ! crie-t-elle. Ma voiture est bloquée sur la pente. Vous pouvez m'aider à la sortir de là ?

— Bien sûr, mademoiselle ! accepte-t-il avec un sourire. En tout cas, je ne vous attendais pas si tôt, j'ai appelé chez vous il n'y a même pas dix minutes.

— Vous avez appelé chez moi ? répète Alice sans comprendre.

— Eh bien, oui ! À propos de votre bateau.

— Ce n'est pas moi qui vous ai répondu, explique-t-elle.

— Alors, vous ne savez pas la mauvaise nouvelle ? J'avais pourtant dit à la dame de vous l'annoncer tout de suite. Vous étiez sûrement déjà partie.

— Il y a un problème avec mon bateau ? s'inquiète la jeune fille. Son amarre n'est pas cassée au moins ?

— C'est pire que ça ! affirme le vieil homme. Il a coulé dans le bassin. Il y avait un trou gros comme mon poing dans sa coque.

Sans un mot, la jeune fille suit le vieux John. Il n'a pas menti : *La Divine* est à moitié enfoncée dans l'eau.

— Il faut le sortir de là le plus vite possible, conseille John. Ça ne fait pas de bien à l'acajou d'être trop longtemps dans l'eau.

— C'est arrivé quand ? s'étrangle Alice.

— Dans la nuit certainement.

— Quelqu'un l'a sorti sans permission ?

— Pas que je sache. Le gardien dort dans le bâtiment. Il n'a pas vu de bateau dehors tard dans la soirée. Je crois que ça été fait exprès, estime le vieil homme. Vous n'allez pas pouvoir participer aux régates, à moins de trouver un autre bateau.

— On ne peut pas le faire réparer à l'atelier du club ? questionne la jeune fille.

— Impossible ! Ils ont du travail par-dessus la tête.

— Je vais essayer de trouver une solution. Mais la première chose à faire, c'est de remonter le voilier.

Du club, elle appelle Bess et Marion, qui accueillent la mauvaise nouvelle avec un calme qui la surprend. Marion, cependant, est persuadée, comme John, que leur bateau a été volontairement saboté. La jeune fille passe la demi-heure suivante à téléphoner à plusieurs ateliers. Aucun ne peut lui promettre d'exécuter la réparation en temps voulu. Enfin, elle se souvient d'un vieil homme, qu'elle connaît depuis longtemps et qui habite tout près. Elle se rend chez lui à pied et lui raconte ses malheurs.

— C'est bon, cède Sam Pickard. Pour vous, je vais faire un effort. Mais de là à dire que ce sera prêt pour les régates, c'est une autre affaire. Et puis, si le voilier est aussi abîmé que ça, il risque d'être moins rapide.

— Faites de votre mieux, soupire Alice.

De retour au club, elle retrouve John accompagné de deux employés, tout disposés à l'aider à dégager sa voiture du sentier. Les hommes ont beaucoup de peine à remettre le cabriolet sur la route, mais en unissant leurs efforts, ils y parviennent enfin. Après les avoir remerciés, la jeune fille rentre directement chez elle, où elle trouve Sarah qui la guette du perron. La gouvernante lui demande si elle est au courant de ce qui est arrivé au voilier.

— Oui, murmure sombrement Alice.

Et elle lui détaille ses mésaventures, sans mentionner toutefois l'accident de voiture auquel elle a échappé de justesse, afin de ne pas l'inquiéter davantage.

— Il y a eu un autre appel pour toi, reprend Sarah. Une femme, qui n'a pas voulu me donner son nom, a quelque chose de très important à te dire. Elle te rappellera un peu plus tard.

« Cette communication concerne-t-elle le mystère ? » s'interroge Alice.

Elle préfère ne pas s'éloigner de la maison avant d'être éclairée sur ce point. Les heures passent sans que le téléphone ne sonne. La jeune fille commence alors à croire que le message n'était qu'une ruse pour l'obliger à rester chez elle.

— Je préfère ça, confesse Sarah, à qui elle fait part de ses doutes. N'oublie pas l'avertissement qu'on t'a transmis. D'ailleurs, rien ne t'empêche de travailler à cette affaire ici.

— C'est sûr, convient Alice. Je vais essayer de réfléchir à l'énigme dans ce confortable fauteuil.

Elle se blottit aussitôt dans le siège préféré de son père et son regard se perd dans le vague. Après avoir repris une à une, dans son esprit, les pièces du puzzle, elle énumère les divers gitans qu'elle a rencontrés et tente d'analyser leur comportement parfois étrange.

« Cette femme qui nous a abordées au campement le long de la rivière, se dit-elle, n'avait pas l'air hostile du tout, et pourtant elle a murmuré cette phrase étrange : "La musique des Tziganes remplit l'air. Écoutez et vous apprendrez." Qu'est-ce qu'elle a essayé de me faire comprendre ? Est-ce que c'était une réponse à la question que j'ai posée au sujet de Romano Pepito ? »

Tout à coup une idée lui vient :

« Et si elle voulait parler de la radio ! On entend peut-être Romano Pepito sur les ondes ! »

Aussitôt, Alice étudie attentivement les programmes de radio parus dans le journal. Cependant, aucun n'annonce de musique tzigane. Nullement découragée, la jeune fille téléphone aux différentes chaînes de radio et télévision régionales pour leur demander si un violoniste tzigane est prévu au programme. Chaque fois, la réponse est négative.

Alice ne renonce pas pour autant. Elle relève sur une liste les noms des diverses stations des

États-Unis et leur écrit. Tout en noircissant feuille après feuille, elle écoute distraitement la radio. Un programme se termine et un autre commence. Soudain, les premières notes de la *Rhapsodie hongroise* résonnent dans la pièce. La jeune détective pose son stylo pour mieux écouter. Cette interprétation mélancolique la ravit. Il lui semble avoir entendu récemment le même jeu. Mais où ? La mémoire lui revient brusquement.

— Au campement des gitans ! s'écrie-t-elle tout haut, tant elle est excitée. Je suis sûre que c'est le même artiste ! Ils vont certainement donner son nom à la radio !

Le programme se termine pourtant sans qu'aucune annonce ne suive. D'un bond, Alice se rue sur le téléphone.

chapitre 16

La poupée au violon réapparaît

— Alfred Dunn, répond aimablement une responsable des programmes à la question d'Alice sur l'identité du violoniste.

— Est-ce qu'il est tzigane ? s'enquiert la jeune fille.

— Je ne pense pas. Merci de votre appel, conclut la femme avant de raccrocher.

« Une déception de plus ! » soupire la jeune détective.

Elle termine ses lettres et s'apprête à aller les poster quand la sonnerie du téléphone retentit. C'est Ned Nickerson.

— Ça te dirait de sortir avec moi demain soir ? commence-t-il. Je passerai te prendre vers huit heures. On va au *Tip-Top* avec des amis.

— Avec plaisir ! Ça me remontera le moral ! J'ai eu une journée difficile...

Le lendemain matin, l'humeur de la jeune fille est de nouveau au beau fixe. Elle plaisante avec son père au petit déjeuner et, après son départ, elle ouvre le journal pour jeter un coup d'œil aux programmes de radio. Soudain, une petite annonce attire son attention. Après l'avoir relue, elle dit à la gouvernante :

— Sarah, ne compte pas sur moi pour rester à la maison aujourd'hui ! J'ai quelque chose à faire.

— Quoi ?

— Apparemment, il y a une chaîne de magasins de jouets dans le coin, explique Alice. On peut y échanger des jouets ou les faire réparer. Je trouverai peut-être des poupées anciennes...

— Et la solution du mystère Struthers, pas vrai ? ajoute Sarah en souriant. C'est bon, vas-y, mais sois prudente, s'il te plaît.

Alice passe la journée à aller d'une boutique à l'autre, sans grand succès. Enfin, à Malvern, elle entre dans un petit atelier. Un vieil artisan lève les yeux du train miniature qu'il est en train de réparer. Sur un établi, des poupées et d'autres jouets attendent ses soins.

La jeune fille lui apprend qu'elle s'intéresse

aux poupées anciennes. Tout en parlant, son regard tombe sur une figurine représentant un violoniste.

— Où avez-vous acheté cette poupée ? demande-t-elle, très agitée.

— C'est une certaine Mme Barlow qui me l'a apportée. Il faut que je remette le violon en état.

— Vous avez son adresse ? J'aimerais acheter cette poupée.

— Moui, grommelle le vieil homme, agacé. Je note toujours le nom et l'adresse de mes clients. Elle habite à l'angle de la rue Chestnut et de la rue de la gare.

« Et si c'était une des poupée que Nitaka transportait dans la valise qui s'est ouverte devant la petite Janie et ses camarades de classe ? » songe la jeune détective.

Après avoir remercié le vieil artisan, elle se rend chez Mme Barlow. Très aimable, celle-ci répond volontiers à la jeune fille.

— J'ai acheté cette poupée à une femme dans une brocante, dit-elle. Quand je suis arrivée chez moi, j'ai remarqué que le violon tenait à peine, c'est pour ça que je l'ai confiée à M. Hobnail.

— Vous connaissez le nom de cette femme ?

— Non.

— Est-ce que vous pouvez me la décrire ?

— Bien sûr. Elle avait des cheveux roux, le teint mat et elle portait un tailleur.

— C'est sûrement Nitaka, la gitane, conclut Alice.

— Qui est-ce ?

La jeune fille apprend à Mme Barlow que la gitane est très certainement une voleuse.

— Ne me dites pas ça ! s'exclame la nouvelle propriétaire du violoniste. J'espère que la poupée que j'ai achetée n'a pas été volée ! Mais, j'allais oublier ! La femme m'a dit qu'elle passerait chez moi ce soir avec une autre poupée.

— À quelle heure ? l'interroge Alice, au comble de l'excitation.

— Dix-neuf heures trente. Vous voulez l'attendre ici ? propose Mme Barlow. Je serai ravie de dîner avec vous.

La jeune fille accepte volontiers l'invitation et téléphone à Sarah pour la rassurer et la prier de dire à Ned de l'appeler chez son hôtesse, dont elle donne les coordonnées.

Le dîner se passe très agréablement. Mme Barlow est une femme intelligente et cultivée. À huit heures moins dix, quelqu'un sonne à la porte. Cependant, ce n'est pas la gitane mais Ned.

— J'ai préféré passer directement, explique-t-il en souriant. Je m'inquiétais pour toi.

Tous les trois s'asseyent donc au salon pour attendre Nitaka. Vers vingt-et-une heures trente, il semble certain que celle-ci ne viendra plus. Rester davantage est inutile. Les deux jeunes gens prennent alors congé de Mme Barlow, après l'avoir vivement remerciée de son hospitalité. Chacun d'eux ayant sa voiture, Ned suggère à Alice de rouler devant, il pourra ainsi veiller sur elle. Le trajet se déroule cette fois sans incident.

Au *Tip-Top*, leurs amis les accueillent avec des cris de joie et plaisantent sur leur retard. Bess et Marion sont là, elles aussi. Elles ont déjà prévenu le groupe qu'Alice est plongée dans un nouveau mystère. Sans le nier, celle-ci répond de manière très évasive aux questions, qui fusent de toute part. Voyant la gêne de son amie, Ned intervient :

— Au fait, tu n'as pas oublié le grand pique-nique de demain à l'île Star, j'espère. Tu as intérêt à venir avec nous !

— Ça m'était complètement sorti de la tête, avoue Alice.

— Allez, viens ! insiste Bess.

— C'est d'accord, à condition que je puisse amener Rose Struthers.

Le lendemain matin, il fait beau et chaud – un temps idéal pour un pique-nique. Persuadée qu'une sortie fera le plus grand bien à Rose, Alice repousse toutes les objections soulevées par la grand-mère et finit par arracher la permission de l'emmener.

— Ma première journée hors de prison ! s'écrie Rose tandis qu'elles roulent vers le lieu du pique-nique.

— Je te conseille de ne pas dire ça devant mes amis. On te prendrait au pied de la lettre ! la prévient Alice, en riant.

À son grand plaisir, Rose se comporte étonnamment bien. Alice se félicite déjà d'avoir suggéré à sa grand-mère de modifier son emploi du temps. La petite fille exécute plusieurs danses avec beaucoup de grâce et de maîtrise.

— Je vais bientôt passer à la radio et à la télévision, se vante-t-elle.

— Allez, viens nager, Rose, la coupe Alice en l'entraînant vers l'eau.

L'après-midi passe en un rien de temps. Vers cinq heures, la jeune détective reconduit la petite fille chez elle. En arrivant à la maison, Rose sonne mais, à sa vive surprise, personne ne vient lui ouvrir.

— Où sont-ils tous ? s'étonne Alice.

— C'est vraiment bizarre, murmure Rose. Mais ne vous en faites pas, je sais où est la clef. Suivez-moi !

Elle bondit au haut des marches du perron, prend la clef derrière un volet et ouvre une petite porte qui donne directement accès à la salle où se trouve la collection de poupées. En entrant, elle pousse un cri.

— Oh ! Mais qu'est-ce qu'il s'est passé ! Tout est sens dessus dessous !

Alice s'avance à son tour. Les chaises et les fauteuils sont renversés, les tiroirs sont grand ouverts, leur contenu éparpillé sur le parquet. Dans les vitrines, plusieurs poupées manquent.

— La maison a été cambriolée ! s'exclame Alice.

— Mamie ! Qu'est-ce qu'ils lui ont fait ! hurle Rose.

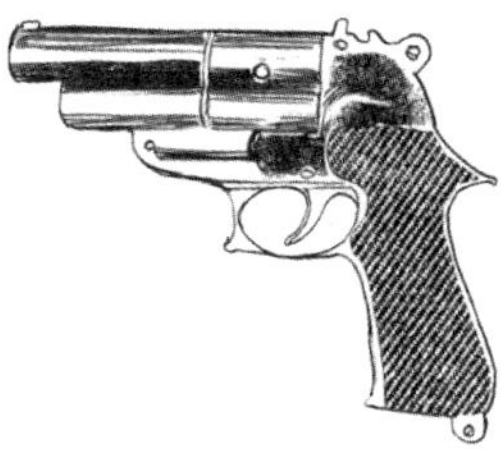

chapitre 17

La maison saccagée

Un bref instant, Alice croit que Rose a vu Mme Struthers. Il n'en est rien.

— Mamie m'avait dit qu'elle resterait à la maison toute la journée, reprend Rose d'une voix brisée par les sanglots. Ils l'ont emmenée !

La jeune fille ne dit rien. La petite fille sur les talons, elle parcourt à toute vitesse le rez-de-chaussée, appelant Mme Struthers et Mme Carol. Pas de réponse.

— Écoute ! chuchote-t-elle tout à coup.

Rose et elle tendent l'oreille. Du premier étage leur parvient un cri étouffé. Elles montent quatre à quatre l'escalier et se ruent vers la chambre de Mme Struthers.

— Vous êtes là, madame Struthers ? lance la jeune fille d'une voix forte.

— Oui ! Oui ! Délivrez-moi ! gémit la malheureuse femme.

— Ma pauvre mamie... balbutie Rose.

— Il n'y a pas de clef dans la serrure ! hurle Alice pour mieux se faire entendre de Mme Struthers.

Elle ne peut saisir la réponse. Retrouvant son sang-froid, Rose part en courant et revient avec la clef d'une autre pièce.

— C'est la même que celle de mamie, affirme-t-elle.

Vivement, la jeune détective ouvre la porte et se précipite vers un placard, où la pauvre femme est retenue prisonnière. Enfin libérée, celle-ci fait quelques pas en chancelant. Alice l'aide à s'allonger sur le lit.

— Ils sont partis ? murmure-t-elle avec un regard affolé.

— Les cambrioleurs ? Oui, reposez-vous, ne parlez pas, ordonne Alice, inquiète du teint livide de la vieille dame et du tremblement qui l'agite.

— Je... Je n'ai rien... c'est juste la peur ! bégaie Mme Struthers. Ils ont pris... beaucoup de choses ?

— Oui, plein de poupées ! crie Rose. Mamie, pourquoi est-ce que les voleurs t'ont enfermée ?

— Pour m'empêcher d'appeler la police sûrement. Mais comment les voleurs ont-ils pu pénétrer dans la villa ?

— Peut-être se sont-ils servi des clés qu'ils ont trouvées dans votre sac à main le soir du concert, suggère Alice.

— C'est impossible ! J'ai fait changer toutes les serrures comme vous me l'aviez conseillé !

— Où est Mme Carol ? demande alors Alice. Et son mari ?

— Ils sont sortis. Ah, je comprends mieux maintenant ! C'était une ruse pour les éloigner ! Quelqu'un a téléphoné à Mme Carol pour lui dire qu'un de ses parents était malade. Son mari l'a conduite en voiture et, dans sa précipitation, elle a dû oublier de verrouiller la porte de service.

— Vous avez pu voir le visage de vos agresseurs ? reprend la détective.

— Celui d'un seulement. Ils étaient deux.

— Vous pouvez me raconter comment ça s'est passé ?

— Je faisais la sieste dans ma chambre quand j'ai entendu des pas dans l'escalier. J'ai d'abord cru que c'était Mme Carol qui rentrait. Je suis sortie dans le couloir pour vérifier mais, avant que j'aie eu le temps de faire quoi que ce soit, un homme masqué m'a empoignée et m'a jetée dans le placard. C'était horrible !

— Tu es restée combien de temps dans ce placard, mamie ? demande Rose, encore mal remise de ce choc.

— Une bonne demi-heure, je pense. Heureusement qu'il y avait une fente dans la porte pour laisser passer l'air, sinon je serais morte asphyxiée.

— Les voleurs ne sont donc pas partis depuis longtemps, conclut la jeune fille. Si vous en avez le courage, il faudrait aller voir ce qu'ils ont emporté.

Mme Struthers passe de pièce en pièce et dresse un rapide inventaire. De l'argenterie et des bijoux ont été volés et les pierres précieuses ont été arrachées de l'album de famille.

En entrant enfin dans la salle où elle garde sa collection de poupées, la vieille dame pousse un cri de détresse. Une vingtaine de ses figurines les plus précieuses ont disparu.

— Ils ont pris la poupée de maman ! s'indigne Rose avec colère. Celle avec laquelle elle jouait quand elle était petite.

— C'est vrai, souffle Mme Struthers en fixant d'un regard attristé la place vide sur l'étagère. Pourquoi est-ce qu'ils l'ont volée ? Elle n'avait aucune valeur...

Cette remarque plonge Alice dans de profondes réflexions.

— C'était deux hommes qui vous ont agressée ? demande-t-elle.

— Je n'en suis pas sûre. J'ai à peine aperçu la deuxième personne, mais ça pourrait très bien être une femme.

Cette réponse conforte la jeune détective dans son idée. Elle soupçonne les deux agresseurs de n'être ni plus ni moins qu'Anton et Nitaka ! Et le fait qu'ils aient pris, en plus des objets de valeur, plusieurs poupées et notamment celle ayant appartenu à la mère de Rose, renforce cette hypothèse.

Quelques minutes plus tard, Mme Carol et son mari arrivent, suivis de près par un inspecteur de police, prévenu par Mme Struthers. Alice, sentant sa présence inutile, décide de rentrer chez elle.

Dans l'entrée, une lettre l'attend. Elle décachette l'enveloppe à en-tête de la station de radio KIO, de Winchester.

« Ça doit être la réponse au sujet du violoniste tzigane ! » se dit-elle, très excitée.

Le directeur des programmes de cette petite station, après lui avoir annoncé qu'un violoniste jouera ce soir à vingt heures, ajoute :

Je ne sais pas s'il est tzigane. Il s'est présenté sous le nom d'Alfred Dunn. Si vous souhaitez de plus amples renseignements, vous avez la possibilité de lui écrire à notre adresse.

Alice décide, non pas d'écrire, mais de se rendre sur place. Elle appelle aussitôt Ned, qui accepte sans hésiter de l'accompagner. En fin d'après-midi, Alice et Ned se mettent donc en route pour Winchester. Malheureusement, il y a des embouteillages sur la route et ils ne parviennent à la maison de la radio qu'à vingt heures dix. Le programme a déjà commencé. Une jeune femme les conduit dans une petite pièce d'où, par une grande vitre, on peut voir le studio dans lequel M. Dunn, le violoniste, joue.

« Il est sûrement tzigane, songe Alice en s'asseyant. Mais ce n'est pas Romano. »

Elle décide cependant de lui demander s'il ne connaîtrait pas le père de Rose. Bientôt un air tzigane s'élève et elle s'abandonne toute à la joie de cette musique envoûtante.

Tout à coup, elle est brutalement ramenée à la réalité. Le violoniste a plaqué un accord dissonant. Puis, sur une note aiguë, il cesse de jouer et crie :

— J'arrête tout ! Il y a des espions ici !

chapitre 18

Le violoniste en colère

En régie, les techniciens s'affolent puis, sur un geste du directeur, lancent un disque de musique classique. Le programme est interrompu.

De son côté, le musicien est furieux. Il ne quitte pas les jeunes gens des yeux. Il s'exclame :

— C'est inadmissible ! Vous n'avez pas tenu votre promesse ! Mon agent a pourtant été clair : « Si Murko joue, personne ne doit le voir ! »

Murko, le violoniste tzigane ! Dans sa fureur, M. Dunn s'est trahi.

Le musicien gesticule toujours, hurlant sur le directeur des programmes :

— Que font ces deux personnes ici... ces espions !

Le violoniste tend un doigt accusateur vers Alice et Ned.

— Calmez-vous, monsieur Dunn, dit le directeur. Je ne savais pas que quelqu'un vous regardait. Mais je suis persuadé que ces jeunes gens n'ont pas de mauvaise intention.

— Ils m'ont perturbé ! continue sur le même ton le musicien. J'avais bien dit à Anton que si je jouais à la radio, je me ferais prendre un de ces jours !

— On ne vous veut pas de mal, monsieur, proteste Alice. On voulait seulement vous voir jouer. C'est si intéressant d'observer un artiste comme vous !

À ces paroles de louange, Murko se calme un peu, non sans promener un regard inquiet autour de lui.

— On peut vous ramener chez vous, si vous voulez, propose Ned.

— Non ! s'écrie l'homme.

— Je pourrais peut-être vous aider, lui propose Alice avec gentillesse.

— Non, gémit-il. Personne ne peut m'aider. Personne.

— Pourquoi dites-vous ça ? le questionne la jeune détective.

Comme il ne répond pas, elle reprend :

— Vous travaillez dur, mais Anton et Nitaka

vous prennent tous vos gains, c'est ça ? Tout votre argent va à la Cause...

Murko baisse la tête.

— Oui, chuchote-t-il avec une profonde amertume. Oui, c'est vrai.

— Vous n'êtes pas obligé de faire ça ! Ça ne vous apporte rien, pas plus à vous... qu'à Romano Pepito !

À ces mots, le violoniste se redresse et fixe Alice droit dans les yeux.

— Je sais. Pauvre Romano, murmure-t-il. C'est un homme brisé.

Le cœur d'Alice se met à battre plus vite. Elle est peut-être sur le point d'apprendre où se trouve le père de Rose !

— Où est-il en ce moment ? articule-t-elle.

— Avec sa tribu.... à moins qu'on ne l'ait envoyé ailleurs, comme moi.

— Qu'est-ce que vous voulez dire ? interroge Alice, déconcertée.

L'homme reste silencieux. Ses yeux s'emplissent de larmes et, comme s'il craignait d'en avoir trop dit, il sort de la pièce en courant et bondit dans un ascenseur qui vient de s'arrêter à l'étage. Les portes se referment sur lui.

Le temps que les deux jeunes gens arrivent au bas de l'immeuble, Murko s'est volatilisé.

— Il nous a semés, dit Ned, vexé. Si seulement j'avais été plus rapide...

— Tu n'as rien à te reprocher, le coupe la jeune fille. En tout cas, on sait maintenant que les gitans du campement de la rivière ne laisseront jamais personne aborder Murko. Pour le monde extérieur, il est M. Dunn.

Les deux amis décident de se rendre à la police locale pour connaître les lieux de campements gitans proches de la ville. Il y en a un à une quinzaine de kilomètres. En sortant du commissariat, Ned propose :

— Tu veux qu'on aille faire un tour au camp ? C'est sûrement là que Murko est allé. Anton et Nitaka doivent y être aussi.

— Non, il est trop tard, déclare Alice en regardant sa montre. Il vaut mieux rentrer à la maison.

— En plus, je crois qu'il va y avoir un orage, ajoute le jeune homme.

Tous deux reviennent à la voiture et prennent le chemin du retour. Ils ont à peine parcouru trois kilomètres qu'une violente averse se déclenche. Sous des trombes d'eau, ils regagnent, presque au pas, River City.

— On a bien fait de ne pas s'entêter à trouver ce camp, plaisante Alice en souhaitant bonsoir à Ned sur le seuil de sa maison.

Le lendemain matin, Marion et Bess viennent s'informer de l'état du voilier. Alice leur dit que Sam Pickard y travaille avec ardeur, sans promettre toutefois d'avoir terminé les réparations à temps pour les régates.

— Moi qui espérais pouvoir m'entraîner à le manœuvrer ce matin, grommelle Marion. Encore une journée de perdue !

— Pas pour moi ! répond la jeune détective. Je pars à la recherche de gitans disparus. Vous me suivez ?

Marion ne demande qu'à courir l'aventure ; plus prudente, Bess rappelle à ses amies comment elles ont été reçues la dernière fois. Comme d'habitude cependant, elle finit par se laisser convaincre et ne tarde pas à retrouver tout son entrain.

Une heure plus tard, les trois amies parviennent au campement gitan mais, à leur grande déception, elles constatent qu'il est totalement vide. Ces occupants ont dû partir pendant la nuit.

— C'est raté ! commente Bess, Je crois qu'on peut repartir.

— Non, pas tout de suite, l'interrompt Alice, j'ai envie d'inspecter les lieux. On ne sait jamais, les gitans ont peut-être oublié quelque chose.

Les trois amies se mettent donc à sillonner le champ, à la recherche d'un hypothétique indice. Bientôt pourtant, elles doivent s'avouer vaincues et s'apprêtent à quitter l'endroit. C'est alors qu'Alice remarque un petit paquet, tout près de l'entrée, au pied de la clôture qui délimite le campement.

— C'est bizarre qu'on ne l'ait pas vu en arrivant, remarque-t-elle.

Elle s'approche de la barrière et sursaute d'étonnement. Sur le paquet, son nom est écrit en toutes lettres ! Intriguée, elle l'ouvre sans plus attendre. Il contient une couverture tissée à la main, ornée de motifs noirs, blancs et rouges. Dans un coin, Alice déchiffre un nom tissé à la main : H. Bostwick.

« S'agit-il d'Henriette Bostwick, la mystérieuse bienfaitrice ? Mais alors, elle est gitane et vit dans la tribu... songe la jeune détective. En tout cas, elle a déposé ce colis ici pour moi. Elle a donc su ce qui c'était passé hier avec Murko et elle s'est doutée que je ne tarderai pas à venir au camp... Mais, ça ne me dit pas pourquoi elle m'a adressé cette couverture ? »

— Alice ? lance Marion, interrompant le cours des pensées de la jeune fille. Tu y comprends quelque chose ?

— Je pense qu'une inconnue cherche à me

transmettre un message, explique-t-elle. Mais pour l'instant, je ne vois pas du tout ce que ça peut être. On peut rentrer, les filles.

De retour chez elle, la jeune détective s'assied sur le tapis du salon et examine la couverture centimètre par centimètre.

« Que peuvent bien représenter les motifs, éparpillés sur le tissu ? se demande-t-elle. Je suis sûre qu'ils ont une signification. »

À ce moment-là, une porte claque. Les bras chargés de paquets, Sarah apparaît sur le seuil.

— C'est épuisant de faire des courses..., commence-t-elle.

Elle s'interrompt brusquement.

— Alice, où as-tu trouvé ça ?

— Dans un camp de gitans. Quelqu'un l'a laissé pour moi.

— Tu as vu ce qui est écrit dessus ? questionne la gouvernante, alarmée.

— Écrit... ?

— Oui ! *Attention,* répond Sarah en pointant le doigt sur un groupe de signes rouges.

D'où elle est assise, Alice ne voit pas le mot se détacher sur le tissu. D'un bond, elle se retrouve auprès de Sarah.

— Mais c'est vrai ! se réjouit-elle. Bravo ! Tu viens d'élucider un mystère !

Au comble de l'agitation, Sarah se met à tourner la couverture dans tous les sens, essayant de déchiffrer d'autres mots clés cachés dans les motifs géométriques.

— Tu discernes autre chose ? demande la jeune fille.

La gouvernante secoue la tête. Toutes deux s'éloignent jusque dans l'entrée pour l'étudier de plus loin.

— Ça y est ! J'ai trouvé l'autre partie du message, s'exclame finalement Alice en sautant de joie.

— Quoi ?

La jeune fille fait un pas en avant et tend le doigt vers trois autres mots : *roi et soleil.*

— Autrement dit, conclut-elle : *Attention au roi et au soleil.*

— Je crois que tu as raison, approuve Sarah, mais je ne comprends toujours pas.

— Moi, je crois comprendre un bout. Le mot roi désigne Zorus, le chef de cette tribu. Quant au mot soleil, je ne sais pas encore.

— Il me semble que les gitans, ou du moins certains, vénèrent le soleil, non ? tente Sarah après un instant de réflexion.

Alice ouvre de grands yeux. Avec un large sourire, elle s'écrie :

— Comment n'y ai-je pas pensé plus tôt ! Le soleil est *source de lumière !* Attention au roi et

à sa source de lumière ! Je cours chez Mme Struthers, lance-t-elle à Sarah, qui regarde, médusée, sa protégée partir comme une fusée.

chapitre 19

La poupée d'Édith

Quelques minutes plus tard, la jeune fille sonne à la porte de Mme Struthers. Elle s'installe dans le salon avec la vieille dame tandis que Rose termine sa leçon de musique. Les notes s'envolent du violon, claires et nettes. Alice croit d'abord que c'est le professeur qui joue mais, avec un sourire de fierté, Mme Struthers la détrompe :

— Non, c'est Rose. Elle est douée, pas vrai ? Et elle danse comme un vrai petit rat.

— J'ai quelque chose à vous montrer, enchaîne la jeune détective, en sortant la couverture de son sac. Quelqu'un a laissé ça à mon attention dans un camp de gitans.

Mme Struthers promène un regard inquiet sur le grand rectangle de laine. Alice, elle, est étonnamment sereine. De toute évidence, la grand-

mère de Rose n'a pas la moindre idée de ce que le mystérieux message peut signifier. La jeune détective explique alors :

— Le soleil m'a fait penser à la « source de lumière » de la citation que vous avez trouvée dans l'album de votre fille, et que j'ai repérée dans celui d'Henriette Bostwick. En parlant de cette femme, d'ailleurs, je pense que la couverture vient d'elle car le nom H. Bostwick est brodé dessus.

— Vous avez peut-être raison, concède la vieille dame, un peu sceptique. Mais je ne vois pas où tout ça nous mène.

— Je crois que j'ai une idée, dit Alice, mais avant de vous en parler, j'aimerais que vous me donniez quelques renseignements sur la maladie de votre fille, si ça ne vous dérange pas.

— Je vais faire ce que je peux, promet la vieille dame, mais je ne suis pas spécialiste. En fait, le médecin était assez décontenancé par la maladie d'Édith. Il s'étonnait qu'à certains moments elle déborde d'énergie et qu'à d'autres elle soit très abattue. Les médicaments n'avaient rien à voir avec ça, apparemment, et quand les choses se sont aggravées d'un seul coup, le docteur n'a rien pu faire pour la sauver. C'est à croire que toute énergie avait subitement abandonné ma fille.

Alice reste un instant silencieuse, puis elle s'adresse à Mme Struthers calmement :

— Mon hypothèse risque de vous paraître étrange, mais c'est la seule que j'aie pour l'instant.

— Je vous écoute.

— Je me demande si cette fameuse source de lumière ne serait pas ce qui donnait à votre fille ses sursauts d'énergie. Comme si elle détenait un secret, confié par les gitans, qui lui redonnait des forces. Souvenez-vous de la citation : *La source de lumière guérira tous les maux...*

— Ça n'a pas empêché ma fille de mourir, murmure la vieille dame, en étouffant un sanglot.

— Je sais, compatit Alice, c'est pour ça aussi que je pense qu'elle a perdu cette source de lumière à un moment. Je suis désolée, Mme Struthers, je ne voulais pas vous rappeler de mauvais souvenirs. Je vais vous laisser maintenant.

— Ce n'est rien, Alice, ça va passer. Revenez me voir bientôt.

La jeune fille rentre chez elle, songeuse. Elle sent qu'elle est sur la bonne voie, malgré l'apparence folle de sa théorie. Mais il lui manque encore des éléments importants pour résoudre l'énigme. « Comment est-ce que je vais les trouver ? » se demande-t-elle, un peu désabusée.

Le lendemain, son découragement passager a complètement disparu. Elle passe la matinée avec Sarah à s'occuper du jardin puis, vers midi, elle rejoint Marion et sa cousine dans un petit restaurant recommandé par Bess-la-Gourmande.

— Si on allait aux Grands Magasins à pied pour voir l'exposition de poupées ? suggère Bess après avoir savouré un repas un peu trop consistant pour sa ligne. Je me sens un peu lourde.

— Tu ferais mieux de faire dix kilomètres en courant si tu veux perdre quelques kilos, raille Marion, toujours prête à taquiner sa cousine.

Bess lui tire la langue et parcourt d'un pas rapide les cinq cents mètres qui les séparent du magasin. L'exposition a attiré beaucoup de monde. En jouant des coudes, les trois amies parviennent néanmoins à se glisser près de l'estrade, où six jolies demoiselles d'honneur miniatures entourent une ravissante mariée.

— C'est magnifique, murmure Bess. Vous avez vu la mariée ? C'est une véritable merveille. On dirait presque qu'elle est vivante. C'est comme si elle allait se mettre en marche d'un instant à l'autre.

Silencieuse, Alice regarde fixement la figurine. Son cerveau travaille à toute allure. Elle revoit l'offrande de la poupée symbolique à l'épouse-enfant. Puis elle se remémore la photographie de la mère de Rose en robe blanche.

— Les filles, chuchote-t-elle, très excitée, allons vite chez Mme Struthers. Je crois que j'ai découvert... oui, j'ai découvert la clef du mystère ! Elle se trouve bel et bien dans le vieil album !

Cette soudaine déclaration laisse les deux cousines sceptiques.

— Quel album ? demande Bess.

— Celui de Mme Struthers, bien sûr ! s'enflamme Alice. Dépêchons-nous d'aller là-bas et vous comprendrez ce que je veux dire.

Peu après, les trois amies se présentent chez Mme Struthers. Sous les regards stupéfaits de la maîtresse de maison et des deux cousines, Alice tourne vivement les pages de l'album jusqu'à celle où est collée la photographie d'Édith en robe de mariée.

— Rien ne vous paraît bizarre dans cette photo ? les interroge-t-elle.

À tour de rôle, Marion, Bess et Mme Struthers l'examinent, sans rien découvrir d'anormal.

— Mais si. Quelque chose de... pas naturel ? insiste Alice, essayant de les mettre sur la voie.

Rose, qui vient d'entrer, donne son avis :

— Ça ressemble plus à une poupée qu'à ma maman ! déclare-t-elle avec assurance.

— Exactement ! s'écrie la jeune détective, tout heureuse d'entendre confirmer ce qu'elle pense. Rose, je suis sûre que ce n'est pas une photo de ta mère, mais d'une poupée à son image.

— Enfin, Alice ! C'est ridicule ! s'exclame Mme Struthers, un peu agacée. C'est bien ma fille sur cette photo ! Je sais encore la reconnaître, quand même !

— Observez de plus près le visage, vous verrez qu'il est artificiel, réplique la jeune fille avec douceur car elle devine la peine de la pauvre mère.

Après avoir longuement étudié le cliché, Mme Struthers et les deux cousines reconnaissent que la jeune détective a raison.

— À côté de celle-ci, les poupées qu'on a vues tout à l'heure font pâle figure, déclare Bess.

— Pourtant, c'est grâce à elle que j'ai pensé à examiner cette photo de plus près, affirme son amie.

— Mais pourquoi est-ce qu'on aurait fabriqué une poupée à l'image de ma fille ? s'étonne Mme Struthers.

— Romano a sans doute voulu suivre la tradition de sa tribu et offrir une poupée à sa femme. Mais elle n'était ni une enfant, ni une Tzigane, alors il en a fait réaliser une à son image et l'a habillée en mariée. Comme elle était très réussie, il a sûrement voulu la prendre en photo.

— Qu'a pu devenir la poupée ? se désole Mme Struthers. Édith ne me l'a jamais montrée.

— Elle a peut-être été obligée de la vendre, avance Alice. À moins que son mari ne la lui ait reprise.

— Je suis sûre que c'est celle que je dois retrouver pour Rose ! continue la vieille dame. Mais je ne comprends toujours pas pourquoi ma fille y attachait autant d'importance. Vers la fin de sa vie, elle répétait tout le temps qu'elle avait espéré laisser à Rose une jolie fortune, mais que cet espoir s'était envolé. Vous pensez que ça peut avoir un lien avec la poupée ?

Au lieu de répondre, la jeune détective pose une autre question :

— Madame, quand Édith était malade, vous aviez les mêmes employés qu'aujourd'hui ?

— Non, j'avais une gouvernante, qui s'appelait Mme Hunt. Elle aimait beaucoup Édith et l'a soignée avec un grand dévouement. Maintenant, elle habite dans une petite maison, à la sortie de River City. Vous pouvez peut-être lui rendre visite, suggère Mme Struthers.

La jeune fille n'attendait que cette proposition.

Elle remercie son hôtesse, note l'adresse de Mme Hunt et part avec ses deux amies.

Dans la rue, les jeunes filles se séparent. Bess et Marion rejoignent leurs mères au centre-ville, pour faire quelques courses, tandis qu'Alice prend la direction indiquée par Mme Struthers.

Mme Hunt accepte bien volontiers de parler de la jeune femme qu'elle aimait tant.

— La pauvre petite me faisait tant de peine, murmure-t-elle. Elle n'aura pas été heureuse longtemps avec Romano Pepito. Elle m'avait fait quelques confidences. Elle ne voulait pas en discuter avec sa mère, pour ne pas l'attrister.

— Est-ce qu'elle vous a parlé d'une poupée à son image ? lance vivement la jeune détective.

— Non. Je sais qu'elle en avait une, qu'elle enfermait à l'intérieur d'une petite malle, dans sa chambre, mais elle ne me l'a jamais montrée.

Alice sursaute. Mme Struthers n'a fait aucune allusion à cette malle.

— Elle gardait la clef sur elle, poursuit l'ancienne gouvernante. Elle attendait d'être seule pour l'ouvrir.

— Qu'est-elle devenue ?

— Je n'en sais rien. Mais, de toute façon, peu de jours avant sa mort, Édith l'a vidée.

— Pourquoi ?

— Un jour que j'étais seule dans la maison

avec elle, une femme a demandé à la voir. Elles ont discuté longtemps toutes les deux, puis elles sont montées dans la chambre d'Édith.

— Est-ce que la fille de Mme Struthers paraissait bouleversée ?

— Non, elle semblait heureuse au contraire. Quand la visiteuse est repartie, elle a emporté un assez gros paquet. Après ça, Édith n'a plus fermé la malle à clef et c'est là que j'ai vu qu'elle était vide.

— Vous savez pourquoi elle a tout donné ?

— Pas du tout. Pendant un jour ou deux, elle a été très gaie. Elle me disait que tout allait s'arranger pour elle. Puis, sans raison apparente, elle a perdu courage. Je la trouvais souvent en larmes. Son état s'est aggravé et elle est morte très rapidement.

— Elle ne vous a jamais parlé de cette femme ?

— J'ai abordé le sujet, un jour, mais elle m'a supplié de ne rien dire de cette visite à sa mère.

— Vous pouvez me décrire la femme qui est venue chercher le paquet ?

— Oui, je m'en souviens parfaitement. Elle était de taille moyenne, très bien habillée. Elle avait des yeux noirs et des cheveux orange. Ça m'a surprise d'ailleurs, parce qu'il est plutôt rare de rencontrer des gens roux aux yeux sombres.

Alice se tait mais jubile intérieurement. Elle est persuadée que la visiteuse inconnue n'est autre que Nitaka ! Les pièces du puzzle commencent à se mettre en place...

— Merci d'être venue, dit Mme Hunt quand Alice se lève pour partir. J'aimais beaucoup Édith. Sa mère a beaucoup souffert et je suis heureuse de voir que vous essayez de l'aider.

— J'espère que je ne la décevrai pas. Pourtant, ce n'est pas facile, d'autant qu'il faut que je retrouve non seulement la poupée, mais aussi le père de Rose.

Mme Hunt manifeste une vive surprise en apprenant cette nouvelle et ne cache pas sa satisfaction.

— Au début, je cherchais Romano Pepito pour qu'il m'aide à retrouver la poupée, explique la jeune détective. Puis j'ai fini par comprendre qu'il y avait aussi un mystère à son sujet. J'ai vu une photo de lui. Il est beau, il a l'allure d'un prince. Ce qui m'a le plus frappée, c'est la douceur de son visage. J'ai donné cette photo à Mme Struthers et à Rose et elles ont hâte qu'il soit auprès d'elles.

Mme Hunt sourit avec tendresse.

— J'en suis ravie. Édith aimait profondément son mari. Je suis sûre que c'est un homme très bon, sinon elle n'aurait pas fait autant de sacri-

fices pour lui. Et comment va Rose ? Elle était difficile pendant la maladie de sa mère. Elle a été très perturbée par toutes ces épreuves.

La jeune fille la rassure en lui disant que Rose s'épanouit depuis qu'elle exploite ses dons artistiques, sans doute hérités de son père.

— J'ai hâte de le retrouver, affirme Alice. Tous les membres de cette famille ont beaucoup souffert et ils ont droit au bonheur à présent...

chapitre 20

L'émission de télévision

À son retour chez elle, Alice trouve Ned sur la terrasse. Confortablement installé dans un fauteuil à bascule, il grignote des gâteaux secs préparés par Sarah. La jeune fille lui raconte les derniers événements.

— Décidemment, ta vie est toujours aussi trépidante ! Maintenant, passons aux affaires moins sérieuses. J'ai deux jours de congé et j'ai bien l'intention d'en profiter !

— Tu as raison ! On pourrait aller déjeuner sur l'herbe, au bord de la rivière, demain. J'en profiterai pour aller voir Sam Pickard.

— À une seule condition ! exige Ned, soupçonneux. Que cet homme n'ait rien à voir avec ton enquête !

— Non, ne t'inquiète pas, assure-t-elle en

riant. C'est lui qui répare le voilier. Je veux juste savoir s'il a pu avancer.

Le lendemain matin, quand il se présente à onze heures chez les Roy, Alice tend au jeune homme un panier de pique-nique.

— De quoi attraper une indigestion, plaisante-t-elle. J'ai envie d'emporter les cannes à pêche de papa aussi. Qu'est-ce que tu en penses ?

— Très bonne idée !

Un quart d'heure plus tard, ils sont en route. Pendant que Ned achète des appâts, Alice entre dans le hangar où Sam Pickard répare les bateaux. Il a retiré la latte endommagée et en prépare une autre pour la remplacer.

— C'est loin d'être prêt, bougonne Sam en réponse à la question de la jeune fille. Je ne vous promets rien.

— Je vous connais, affirme Alice avec un sourire enjôleur. Vous allez faire l'impossible !

Non loin de chez Sam Pickard, il y a un loueur de canots à moteur. Ned en choisit un et, bientôt, les deux amis commencent à descendre la rivière.

— On va de quel côté ? demande-t-il à son amie.

— Papa m'a dit qu'il y avait du poisson dans la baie du Pilote.

Le jeune homme fait virer le bateau dans cette direction. Arrivés à l'anse, ils font honneur au festin préparé par Sarah. Ensuite, ils se mettent à pêcher. C'est à qui prendra le plus de poissons. Quand ils rangent enfin leurs lignes, Ned en a attrapé cinq, Alice trois.

— Qu'est-ce qu'on va en faire maintenant ? lance la jeune fille en riant tandis que Ned met le moteur en marche.

— On pourrait les offrir aux Wyatts, propose-t-il. Ils habitent tout près d'ici.

— Tu veux parler de Lise et de Fred ?

L'ingénieur du son et sa femme, mariés depuis peu, sont de grands amis de Ned.

— Oui. On leur apportera le poisson et, avec un peu de chance, ils nous inviteront à dîner !

— Excellent programme ! approuve Alice.

Le jeune homme s'engage donc dans le chenal de la rivière Muskoka. À quatre milles au sud, ils s'amarrent au-dessous d'une jolie maison de pierre, blottie à flanc de colline. À leur grande joie, les Wyatts sont chez eux.

— Ça fait des siècles qu'on ne vous avait pas vus ! s'écrie Lise, ravie. Vous restez à dîner, bien sûr. Nous n'accepterons pas de refus !

— Rassure-toi, on a bien l'intention de tester tes talents de cuisinière ! réplique Ned. Et voici le plat de résistance, ajoute-t-il en offrant les poissons à la jeune femme.

Pendant une bonne heure, les quatre amis bavardent en sirotant des boissons fraîches. Fred parle de son travail à la station de radio et de télévision d'Aiken.

— Ça me passionne, dit-il. On prépare une nouvelle émission en ce moment. Je crois qu'elle passe tout à l'heure d'ailleurs. Attendez, je vais vérifier.

Fred parcourt rapidement un programme qu'il a rapporté de son bureau.

— À vingt-et-une heures, le violoniste Thomas Smith donne un récital. Il paraît qu'il est excellent. En fait, il ne sait pas qu'il va apparaître sur l'écran. Il croit qu'il passe seulement à la radio. On a installé un nouvel équipement très perfectionné. On en regardera un bout tout à l'heure, si vous voulez, conclut Fred, à la grande joie d'Alice.

Un peu avant le début du programme, l'ami de Ned allume la télévision et, bientôt, on annonce Thomas Smith. Le musicien s'avance au centre de la scène et porte le violon à son menton. À peine a-t-il joué les premières notes de *Chant d'amour tzigane,* qu'Alice s'écrie avec émotion :

— C'est Romano Pepito !

— Tu le connais ? s'étonne Lise Wyatts.

— Non, je ne l'ai vu qu'en photo. Mais il faut absolument que je lui parle. C'est très important !

— Je vais appeler la station et leur demander de le retenir jusqu'à votre arrivée. Prenez ma voiture, offre Fred.

Deux minutes plus tard, Alice et Ned roulent vers Aiken. Malheureusement, une déviation les retarde.

— On a mis plus d'une heure ! se lamente Alice en sautant de voiture devant les bureaux de la station. Pourvu que Romano ne soit pas déjà parti...

chapitre 21

Double disparition

Un ascenseur emporte les deux jeunes gens au troisième étage. Ils demandent aussitôt à rencontrer le violoniste. C'est le directeur des programmes en personne, M. Brownell, qui leur répond :

— Je suis désolé. Nous n'avons pas réussi à retenir Thomas Smith ; pourtant, ce n'est pas faute d'avoir essayé. Ça fait plus de trois quarts d'heure qu'il est parti.

— Vous savez où il est allé ?

— Non, et j'ai bien peur qu'il ne revienne plus jamais ici.

— Pourquoi ?

— Quand il s'est aperçu que le programme était diffusé à la télévision et non à la radio, comme prévu, il est devenu fou de rage. C'est vrai qu'il avait des raisons d'être mécontent, puisqu'il nous avait bien précisé que personne ne devait le voir. Cela dit, j'ai trouvé son comportement un peu bizarre, comme s'il avait peur de quelqu'un.

— Il ne vous a pas laissé son adresse ? interroge la jeune détective.

— Nous ne les communiquons à personne, c'est une règle formelle.

— Il faut absolument que je lui parle, insiste la jeune fille. C'est dans son intérêt et celui de sa fille.

M. Brownell semble hésiter un instant puis, devant l'évidente sincérité d'Alice, il finit par se laisser convaincre. Il disparaît dans son bureau pour en ressortir peu après avec une feuille de papier.

Les deux jeunes gens le remercient chaleureusement et partent sur-le-champ. Ils parviennent enfin à une pension de famille située dans un quartier assez pauvre de la ville. La logeuse leur apprend que Thomas Smith a fait ses valises et est parti en toute hâte.

— Il y a combien de temps ? questionne la jeune détective.

— Moins de dix minutes.

— Il vous a dit où il allait ?

— Non. Il a appelé un taxi et, dès que la voiture est arrivée, il s'est précipité dedans.

— Vous avez vu quelle compagnie c'était ?

— Les taxis ACME, je crois.

— Merci, madame, bredouille Alice, avant de s'éloigner, très déçue.

Ned, qui souhaite rendre la voiture aux Wyatts et ramener la vedette au loueur de bateaux, pense qu'il vaut mieux renoncer à poursuivre le prétendu M. Smith pour le moment. La jeune fille y consent, à regret. Elle se résigne difficilement à l'idée d'avoir échoué si près du but.

— Il est peut-être allé dans un des campements gitans qui se trouve dans les parages, murmure-t-elle, songeuse. Je reviendrai ici demain matin et j'essaierai de retrouver sa piste.

Il est tard quand les jeunes gens reviennent à River City. Épuisée par les derniers événements, Alice s'endort d'un profond sommeil. Le lendemain, elle se lève de bonne heure, impatiente de reprendre son enquête. Pourtant, lorsque Sarah apprend ses intentions, elle décrète d'un ton ferme :

— Il n'est pas question que tu y ailles seule.

— Si tu préfères, je vais proposer à Bess et Marion de m'accompagner.

Les deux cousines acceptent volontiers de se rendre à Aiken. Vers midi, les trois amies entrent dans la ville.

— On va d'abord passer à la compagnie de

taxis ACME, décide la jeune détective. C'est un de leurs chauffeurs qui a pris Romano en charge.

— Pourvu qu'il se souvienne de son passager, lâche Marion alors qu'Alice gare son cabriolet devant le bureau de la compagnie.

Alice repère le responsable et lui demande s'il veut bien répondre à quelques questions.

— Avec plaisir, accepte-t-il, d'un ton jovial. Surtout quand elles me sont posées par d'aussi jolies demoiselles.

— J'aimerais savoir si un de vos chauffeurs a pris un client dans une pension de famille du quartier ouest, hier soir.

— Il faudrait voir avec Gus Frankey. Il me semble qu'il a travaillé par là hier. Gus s'est présenté au rapport ce matin ? s'informe-t-il auprès de son adjoint.

— Non, pas encore. On a téléphoné trois fois chez lui. Sa femme est affolée. Il n'est pas revenu depuis hier.

— Il a ramené le taxi ?

— Non.

— Il a sûrement emmené un client loin d'ici, déclare le responsable. Ça arrive souvent que nos chauffeurs aillent dans une autre ville.

Bess danse d'un pied sur l'autre, impatiente d'aller déjeuner.

— On pourrait peut-être dénicher un bon petit

restaurant en attendant le retour de ce Gus ? tente-t-elle. Je meurs de faim !

Les trois amies descendent la rue à la recherche d'un salon de thé ou d'un restaurant. Tout à coup, Alice s'arrête.

— C'est une des poupées volées à Mme Struthers ! s'exclame-t-elle en tendant le bras vers la vitrine d'une élégante boutique.

Devant leurs yeux, entourée de figurines en porcelaine, trône la jolie petite dame à l'éventail. La jeune détective entre vivement dans le magasin. Une femme âgée, très chaleureuse, s'avance vers elle et, à sa requête, retire la poupée de l'étalage.

— D'habitude, je ne vends que des poupées de porcelaine, explique-t-elle, mais quand on m'a proposé celle-ci, je n'ai pas pu résister.

— Ça vous ennuierait de me dire à qui vous l'avez achetée ? C'est une véritable pièce de musée.

— Je suis bien d'accord ! La femme qui me l'a vendue l'avait achetée à Paris. Apparemment, elle a des problèmes d'argent et elle est obligée de se séparer de la collection qu'elle a réunie.

— Est-ce que cette femme a le teint mat et des cheveux roux ?

— Oui, en effet, confirme la propriétaire de la boutique.

— Alors, j'ai bien peur que cette poupée ait été volée par une certaine Nitaka, affirme Alice, désolée d'annoncer cette mauvaise nouvelle à une femme aussi charmante. Quand avez-vous conclu cette affaire ?

— Hier.

Les yeux brillants d'excitation, la jeune fille se tourne vers ses amies.

— Ce qui veut dire qu'Anton et Nitaka ne sont pas loin d'ici ! Romano non plus, peut-être...

La propriétaire du magasin ne comprend pas un traître mot de ce que raconte Alice. La jeune détective lui demande alors la permission d'appeler Mme Struthers pour la prévenir que sa poupée est retrouvée.

— Ça va prendre des heures, Alice ! gémit Bess. J'ai une proposition à te faire : pendant que tu téléphones, on va aller chercher quelque chose à nous mettre sous la dent, Marion et moi. On se retrouve à la station de taxi.

— D'accord, approuve son amie en décrochant le combiné.

Au bout d'un temps assez long, quelqu'un décroche. En reconnaissant la voix de la jeune détective, Mme Struthers ne lui laisse pas le temps de parler de la poupée.

— Oh ! Alice. J'essaie de vous joindre depuis

ce matin. C'est terrible, Rose a disparu ! Je crois qu'elle a été enlevée !

— Quand vous en êtes-vous rendue compte ? s'informe Alice, le cœur serré d'angoisse.

— Ce matin. Qu'est-ce que je dois faire ? Je vais devenir folle !

— Vous avez averti la police ?

— Bien sûr ! Plusieurs policiers la recherchent. Je suis désespérée. Si quelque chose lui arrive...

— Madame Struthers, essayez de vous calmer. Rose est peut-être partie d'elle-même, s'empresse de dire la jeune fille.

— Mais pourquoi est-ce qu'elle aurait fait ça ?

— Elle parlait de passer une audition pour la télévision il n'y a pas longtemps. Elle est capable d'avoir pris le train pour New York pour tenter sa chance.

— Vous avez peut-être raison. Son violon aussi a disparu.

En réalité, Alice ne croit pas un mot de ce qu'elle avance. Elle est persuadée que Rose a été enlevée. Elle promet à la malheureuse grand-mère de faire son possible pour retrouver la petite puis raccroche. Maintenant, elle hésite sur la conduite à suivre : rentrer au plus vite à River City ou continuer à rechercher Romano ? Son instinct lui dit qu'il existe un lien entre les deux disparitions...

Elle prie la propriétaire de la boutique de garder la poupée pour le moment, mais de ne pas la vendre, puis elle court vers la compagnie de taxis ACME. Comme elle y arrive, une voiture couverte de poussière entre dans le garage. Et si c'était celle de Thomas Smith ? Elle intercepte le chauffeur :

— Vous êtes Gus Frankey ?

— Oui, bougonne l'homme.

— Vous n'auriez pas pris un violoniste appelé Thomas Smith, hier soir, par hasard ?

— Si, grogne l'homme. J'aurais mieux fait de rentrer chez moi !

— Pourquoi ?

— Je n'ai pas envie d'en parler.

— Je dois absolument voir M. Smith, implore Alice. Vous pouvez me dire où il est ?

— C'est un coin complètement perdu ! Vous ne trouverez jamais.

— Écoutez-moi, il s'agit de quelque chose de grave, très grave même. Il faut que vous m'emmeniez là-bas...

— Pas question, ma mignonne ! Je ne retournerai pas là-bas pour tout l'or du monde. J'ai roulé toute la nuit. Je n'en peux plus !

— Vous ne voudriez quand même pas que,

par votre faute, il arrive malheur à une personne innocente...

— Non, bien sûr. Mais, à moins que le patron me l'ordonne, je n'y retournerai pas. J'ai mes raisons...

Alice se rend avec le chauffeur auprès du responsable de la compagnie.

— Cette demoiselle veut que je fasse encore un long trajet, se plaint l'homme. Je suis sorti toute la nuit et ça n'a pas été drôle, vous pouvez me croire !

— Je dois retrouver le client que M. Frankey a conduit, de toute urgence, plaide la jeune fille, très excitée. Je paierai le prix qu'il faudra. S'il vous plaît !

— Emmenez-la, Gus, ordonne le responsable. Vous aurez deux jours de congé à votre retour.

En marmonnant entre ses dents, le chauffeur fait le plein d'essence, puis téléphone à sa femme. Pendant ce temps, Alice guette avec impatience les deux cousines.

« Je ne peux pas les attendre, sinon Gus risque dc changer d'avis », pense-t-elle.

— On pourra y aller dans deux minutes, lui dit-elle quand il revient. Juste le temps de laisser un mot à mes amies.

Elle griffonne rapidement quelques lignes à Bess et Marion sur une feuille de bloc-notes, qu'elle dépose sur le siège avant de sa voiture. Puis, elle saute dans le taxi, qui démarre aussitôt.

— C'est loin ? s'informe-t-elle quand ils atteignent la campagne.

— Sur la montagne, au sud d'Aiken. C'est un campement de gitans, bougonne le chauffeur. Et vous pouvez me croire, si le patron ne m'y avait pas obligé, je ne vous y aurais pas conduite. J'y ai eu la plus grande peur de ma vie !

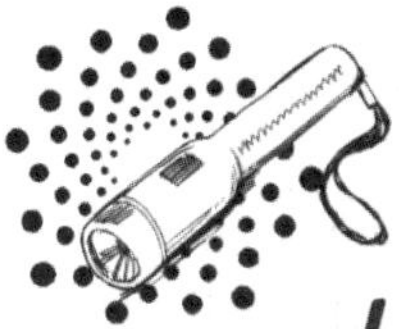

chapitre 22

La petite danseuse gitane

— Vous ne voulez pas m'en dire un peu plus ? tente Alice, de sa voix la plus douce.

— Bon, cède le chauffeur. J'ai conduit M. Smith à son campement de gitans et on m'a empêché de repartir tout de suite. J'étais à peine arrivé que deux hommes se sont jetés sur moi et m'ont entraîné dans une tente. Il y avait une sorte de buffet préparé. Ils m'ont fait boire et manger, encore et encore.

— Il n'y avait pas de quoi avoir peur, commente sa passagère, soulagée.

— Oh ! Si. Il y avait une bonne femme qui m'a prédit l'avenir... des choses abominables.

— Vous ne l'avez pas crue, j'espère. Ce ne sont que des histoires.

— Je sais bien. Mais hier ça m'a fait de l'effet. Et ce n'est pas tout : après ça, ils ont mis

un somnifère dans mon vin, j'en suis certain. J'ai dû m'endormir pendant que la voyante jacassait. Ce matin, je me suis réveillé dans mon taxi. J'ignore ce qui s'est passé pendant la nuit et je n'arrive toujours pas à comprendre pourquoi ils m'ont fait ça.

Alice, elle, croit le deviner. Les gitans devaient attendre qu'on leur amène Rose ! Pour éviter que le chauffeur de taxi ne la voie et ne se pose des questions, ils ont préféré le faire boire et l'endormir. C'était le meilleur moyen pour qu'il doute lui-même de ce qui s'était passé pendant la nuit et qu'il n'ose pas se rendre à la police.

— Qu'est devenu M. Smith ? continue-t-elle.

— Je ne sais pas. Je ne l'ai pas revu.

Peu de temps après, le taxi atteint un chemin de terre, qui gravit la montagne. Le chauffeur s'arrête brusquement à l'entrée du sentier.

— Je ne vais pas plus loin, annonce-t-il. À vous de vous débrouiller seule à partir d'ici.

— Mais...

— Ne comptez pas sur moi, maugrée Gus Frankey, Je ne remettrai pas le pied dans le camp ! Vous me devez dix dollars. Je dois partir.

— Il faut que vous m'aidiez, supplie la jeune fille.

— J'ai dit non ! Je ne voulais pas revenir ici, vous le saviez. Si vous avez peur de rester seule, remontez dans la voiture, je vous ramène à Aiken.

— Non, tant pis, j'irai seule. Vous pouvez quand même faire quelque chose pour moi ? J'aimerais que vous téléphoniez chez moi, à River City, et que vous exigiez de mon père qu'il me rejoigne au plus vite.

— D'accord. Mais qu'on ne me demande plus jamais d'amener quelqu'un dans ce maudit coin perdu ! Donnez-moi le numéro de téléphone de votre père.

Alice griffonne les chiffres au dos d'une enveloppe. Quand le taxi s'est éloigné, elle marche rapidement vers les tentes, dissimulées dans un bois. Au bout d'un moment, elle quitte le sentier et avance prudemment entre les arbres pour éviter de se faire repérer. Les gitans vaquent à leurs occupations mais, apparemment, personne ne l'a aperçue.

Tout à coup, un homme, grand et beau, une ceinture rouge autour de la taille, traverse la clairière. Sous un bras, il porte un violon.

Romano Pepito ! Enfin lui !

Il entre dans une tente.

« Comment est-ce que je vais faire pour arriver jusqu'à lui sans attirer l'attention ? » se demande la jeune fille avec angoisse.

Tout à coup, des rires d'enfants s'élèvent. Un groupe, comprenant plusieurs adultes, s'avance. De sa cachette, Alice concentre son regard sur une petite fille en robe de gitane multicolore.

— Rose ! s'exclame-t-elle à mi-voix. J'avais raison, ils l'ont bien amenée ici !

À sa vive surprise, la petite fille ne paraît ni inquiète, ni effrayée. Elle semble être parfaitement à l'aise dans ce cadre si nouveau. Une vieille femme corpulente, vêtue d'une robe rouge, l'entraîne vers une tente portant l'emblème du soleil.

— Tu vas rester ici jusqu'à ce que Zorus te dise ce que tu dois faire, lui ordonne-t-elle.

La jeune détective craint le pire pour la petite fille et oublie momentanément son désir de s'entretenir avec Romano. Elle attend que le groupe se soit dispersé puis, quand il n'y a plus personne dans les parages, elle se glisse à l'intérieur de la tente.

— Alice ! s'écrie Rose.

— Chut ! Je ne peux pas te parler plus d'une minute. Il faut que tu m'écoutes attentivement.

— Ce n'est pas la peine ! Je ne veux pas rentrer à la maison ! déclare la petite fille en tapant du pied. Les gitans m'ont promis que je serai une star !

— Tu as vu ton père ? questionne Alice pour détourner les pensées de la petite fille de ses folles ambitions.

— Mon père ? bégaie Rose, éberluée. Non ! Il est ici ?

Elle a élevé la voix.

— Pas si fort ! la réprimande la jeune fille. Oui, il est ici et il pourrait venir vivre avec ta mamie et toi. Tu viens le chercher avec moi ?

Prenant grand soin de ne pas se faire repérer, elle prend Rose par la main et court avec elle jusqu'à la tente dans laquelle Romano est entré. Après avoir entrebâillé les rideaux, elle jette un regard à l'intérieur. Assis sur une couchette, le violoniste se tient la tête dans les mains, avec une expression d'une infinie tristesse.

— Monsieur Pepito, murmure Alice en poussant Rose devant elle. Je vous amène votre fille !

L'homme sursaute et la frayeur se lit sur son visage. D'un air inquiet, il fixe la jeune fille, puis Rose et, finalement, se lève d'un bond, court vers l'enfant et la serre dans ses bras.

— Rose ! Ma petite Rose ! sanglote-t-il.

— Papa ! Ne me quitte plus, plus jamais..., supplie-t-elle.

— Non, je te le promets. On restera toujours

ensemble toi et moi. Peu m'importe ce que dira Zorus, on va partir d'ici.

Se rappelant tout à coup la présence d'Alice, il demande :

— Qui est-ce, Rose ? Une de tes amies ?

— Oui, c'est Alice Roy. Elle aide mamie à retrouver les poupées volées.

À ces mots, les traits de Romano se crispent.

— Allez-vous-en tout de suite, mademoiselle Roy ! s'écrie-t-il. Courez ! Vous êtes en danger ici !

— Si je m'en vais, Rose vient avec moi.

— Non, non, s'il vous plaît ! Elle est ma seule raison de vivre.

— Vous pourriez aller tous les deux chez Mme Struthers... Elle a besoin de vous et attend avec impatience de vous avoir auprès d'elle.

— Jamais !

— Elle a tout pardonné, tout oublié, insiste Alice pour le convaincre. Elle ne souhaite qu'une chose, c'est que Rose et vous veniez habiter chez elle. En plus, vous serez libéré de l'emprise de Zorus, vous n'aurez plus à lui verser tous vos gains.

Romano pâlit :

— Vous savez...

— Oui : la Cause, Anton, Nitaka... Répondez-

moi : pourquoi est-ce qu'ils ont amené Rose ici ? Vous en avez une idée ?

Avant qu'il puisse répondre, un cri retentit à l'extérieur. Romano devient livide.

— Si on nous surprend...

Sans achever, il lève un regard implorant vers Alice.

— Faites exactement ce que je vous dirai, les supplie-t-elle tous les deux. Monsieur Pepito, restez ici jusqu'à ce que je revienne.

Elle saisit la main de Rose et toutes deux se glissent au-dehors par le fond de la tente.

— Maintenant, retourne en vitesse à ta propre tente, ordonne la jeune fille à sa petite compagne. Fais comme si de rien n'était.

— Où allez-vous, Alice ? murmure l'enfant, terrorisée.

— Je vais me cacher en attendant d'avoir mis un plan au point.

Sur ces mots, elle se faufile derrière les rangées de tentes. Enfin, elle parvient à l'une d'elles, d'où ne provient aucun bruit de voix. Pensant qu'elle est vide, elle rampe à l'intérieur. Personne. La tente, luxueusement meublée, est ornée de tapis tissés à la main et de tentures de soie. Soudain, Alice pose les yeux sur une couverture jetée sur un lit pliant. C'est la même que celle qu'elle a trouvée au camp de gitans de Winchester ! Mais sans les paroles d'avertissement et la signature.

« Et si c'était la tente de la mystérieuse Henriette Bostwick, se dit la jeune fille, très excitée. Qui est-elle, cette discrète amie ? »

Dans un coin, la jeune fille repère une malle. Contient-elle des objets volés ? En une seconde, elle est à côté de la malle et en soulève le couvercle, qui n'est, par bonheur, pas fermé à clef. À cet instant, elle est saisie de stupeur. Devant elle, apparaissent deux poupées : celle avec laquelle la fille de Mme Struthers jouait quand elle était enfant et une autre habillée en mariée...

« C'est celle que je recherche ! » comprend Alice, en contemplant avec stupeur la figurine, si vivante, modelée à l'image d'Édith Pepito.

La jeune détective s'empare de la poupée et, stupéfaite, manque la laisser tomber. Elle irradie la chaleur d'un corps humain !

chapitre 23

Le roi fou

Sa frayeur dissipée, Alice reste un instant perdue dans ses pensées.

« J'ai enfin trouvé la poupée que cherche tant Mme Struthers ! songe-t-elle. Et je crois que j'ai percé son secret. Elle renferme un produit qui dégage la même énergie que la fameuse “source de lumière” ! »

Soudain, elle sursaute car dans son dos, une voix glaciale prononce :

— Tiens ! Tiens ! Alice Roy a découvert notre secret !

La jeune fille pivote sur les talons et se retrouve face à face avec... Nitaka ! La gitane a abandonné son élégant tailleur et revêtu une robe bariolée. Ses cheveux dépeignés voltigent autour de son visage. La jeune fille ne laisse paraître aucune peur, malgré les battements désordonnés de son cœur.

— En effet, affirme-t-elle d'une voix calme, sans lâcher la poupée. Et je vais rapporter ce qui a été volé à sa propriétaire.

— Le secret nous appartient à nous, les gitans ! crie Nitaka. Personne ne peut nous l'enlever. Posez cette poupée !

— Non, elle appartient à la fille d'un Tzigane, la défie Alice, et c'est à elle que je la rendrai.

— Vous voulez parler de Rose ? ricane la femme rousse. Elle n'en a pas besoin. Elle sera trop occupée à se préparer à paraître sur les écrans. Ensuite, quand sa grand-mère mourra...

— Qu'est-ce qu'il se passera ? articule Alice, sans perdre son sang-froid.

Sans trop savoir pourquoi, elle se sent revigorée et prête à lutter contre cette femme et tous ceux qu'elle appellera à la rescousse. Elle se demande si ce regain d'énergie ne viendrait pas de la substance inconnue enfermée dans la poupée qu'elle tient dans ses bras. Nitaka paraît deviner ses pensées.

— Posez cette poupée ! répète-t-elle d'une voix dure.

Alice n'obéit pas. Elle sait qu'elle doit gagner du temps jusqu'à l'arrivée de son père, qui ne sera certainement pas là avant deux heures.

Pourvu que le chauffeur de taxi n'ait pas oublié de l'appeler !

De nouveau, Nitaka semble lire dans son esprit.

— Ceux qui tombent dans les griffes du grand Zorus ne repartent jamais, lâche-t-elle en regardant méchamment la jeune fille. Vous êtes prisonnière et, si vous tenez à la vie, vous travaillerez pour la Cause... et avec joie en plus !

— C'est de cette façon que vous obtenez de l'argent ? gronde Alice. Par la menace ? Ce petit jeu est fini, Nitaka.

Prise de fureur, la gitane bondit en avant. Ses mains, telles des serres, veulent saisir la jeune fille. Celle-ci fait un bond de côté et se rue vers l'ouverture de la tente.

— Anton ! appelle la femme.

L'homme accourt et barre la sortie tandis que Nitaka, elle, se précipite dehors. Le gitan dévisage sa prisonnière avec un sourire narquois. Un instant plus tard, Zorus, somptueusement vêtu, entre, suivi de la gitane rousse.

— Bravo ! Vous avez réussi à attraper cette fouineuse ! s'écrie-t-il. Avec une fille aussi habile auprès de nous, aucune embûche ne se dressera plus devant nous.

Il échange quelques paroles incompréhensibles avec ses complices, puis fixant sur Alice un regard rusé, il déclame :

— Dans quelques années, nous serons tout-puissants. Le roi Zorus règnera sur l'Amérique. Anton et Nitaka auront rang de prince et princesse et tous s'inclineront sur leur passage.

La jeune détective observe ces yeux brillants, ces pupilles dilatées, étrangement mobiles, et comprend immédiatement que l'homme est fou ! Il tient les malheureux gitans par des promesses et des menaces, aidé de quelques misérables escrocs et malfaiteurs prêts à tout pour s'enrichir.

Tout à coup, Zorus lève les bras dans un geste de commandement.

— Il faut partir. Je n'ai pas confiance en cette fille. Ses amis risquent de débarquer. Là où nous irons, personne ne la trouvera jamais. Pliez les tentes ! Chargez les camions ! Deux voitures partiront tout de suite et rejoindront notre refuge de montagne. Anton, mettez-y les trois que nous voulons cacher à la police.

À ces mots, il a un éclat de rire qui fait frissonner Alice.

Sans daigner adresser une parole à la jeune fille, il sort de la tente en compagnie d'Anton. Nitaka attrape la poupée que, dans son angoisse, Alice a laissée tomber. Après lui avoir interdit de bouger, la gitane sort à son tour. Un bref instant, la prisonnière songe à s'échapper. Mais un regard rapide jeté par-dessous les pans de la tente lui apprend que cela ne servirait à rien. Celle-ci est entourée par les fidèles de Zorus.

Pauvre Alice ! Elle commence à désespérer de voir son père arriver à temps, quand une femme entre vivement dans la tente.

— N'ayez pas peur, murmure-t-elle. Je ne vous veux pas de mal. C'est moi qui vous ai fait parvenir mon album. Zorus m'avait autorisée à aller voir une veille amie malade à New York. Elle habite dans l'immeuble où vous avez croisé Nitaka et la voyante. J'ai tout entendu et j'ai décidé de vous aider. La grand-mère m'a transmis votre numéro. Malheureusement, je devais repartir dès le lendemain et j'ai à peine eu le temps de vous téléphoner avant de prendre l'avion, pour vous mettre en garde, le jour où Anton et Nitaka vous ont envoyé un cadeau dangereux.

— La poupée était empoisonnée, n'est-ce pas ?

— Oui. Plus tard, j'ai laissé une couverture à votre attention dans le campement, après votre rencontre avec Murko. J'étais sûre que vous passeriez par là pour le chercher. J'avais peur qu'il vous arrive malheur si vous continuiez vos recherches.

— Et vous avez aussi essayé de me prévenir quand je suis allée au campement le long de la rivière avec deux amies, chuchote Alice, qui vient tout à coup de reconnaître la femme. Vous m'avez mise sur la voie en me disant que « la musique des Tziganes remplit l'air ». C'est donc vous, Henriette Bostwick ! Votre nom n'est pourtant pas tzigane.

— Le vieux Zorus croit que je le suis. Il ne connaît pas mon nom de jeune fille. C'est pour ça que je l'ai tissé sur la couverture.

— Je ne comprend pas pourquoi vous restez ici ? dit Alice à voix basse.

— Quand j'étais jeune, je me suis enfuie de chez mes parents pour épouser un gitan, un homme merveilleux. Malheureusement, il est mort quelques années plus tard. À ce moment-là, j'ai voulu quitter la tribu, mais je n'en ai pas eu le courage. Entre-temps, Zorus était devenu le chef et avait amené avec lui un ramassis de malfaiteurs, venus de tous les pays. Ils nous terrorisaient. Les gitans sont bons et honnêtes mais, comme partout, il y a des exceptions. Zorus est fou et ses « fidèles » ne reculent devant rien. Quand ils ont décidé de faire du mal à une personne, j'essaie de l'avertir et de la protéger dans la mesure de mes moyens, comme je l'ai fait pour vous.

Henriette Bostwick se tait un moment, plongée dans les souvenirs de jours plus heureux. Puis elle reprend :

— Je vais tenter de vous aider. Ça ne sera pas facile et il nous faudra être très prudentes. Pour l'instant, je ne peux pas m'attarder plus longtemps ici.

— Avant de partir, est-ce que vous pouvez me parler de la poupée habillée en mariée ? la supplie Alice.

La femme se rapproche d'elle, et, dans un murmure, lui apprend :

— Il y a quelques années, le père de Romano a trouvé une étrange substance au sommet d'une montagne. Il était âgé et infirme et, pourtant, il se sentait revigoré à chaque fois qu'il la portait sur lui. Il n'en a parlé à personne d'autre que Romano et Zorus, en qui il avait confiance, malheureusement... À sa mort, M. Pepito a légué cette substance à son fils mais, peu après, Romano a été banni de la tribu à cause de son mariage. Neuf ans plus tard, Zorus s'est imposé comme chef de la tribu et a eu l'idée insensée de devenir roi des États-Unis. Pour profiter plus longtemps de son règne, il voudrait vivre éternellement. Il a donc demandé à Romano de lui confier la substance miraculeuse, ou au moins de lui en révéler le secret. Romano a refusé. Zorus s'est mis dans une colère noire et l'a fait enlever. Romano a persisté dans son refus. Depuis, il est prisonnier. Zorus l'a menacé de tuer sa femme et sa fille s'il cherchait à s'enfuir.

— Et Édith est morte croyant qu'il l'avait volontairement abandonnée, achève la jeune détective avec tristesse. Romano a été obligé de travailler et de rapporter beaucoup d'argent à la tribu, j'imagine ?

— Pas à la tribu, à Zorus. Il s'accapare tout. Il est très rusé et n'a aucun scrupule. Il n'a laissé jouer Romano à la radio, sous étroite surveillance, qu'après avoir appris la mort d'Édith Struthers.

— Et c'est à cause de la menace qui pèse sur sa fille que Romano est resté parmi vous ?

— Oui, enfin, il était dans un autre campement, sous la garde de brutes dévouées à Zorus. Il s'est réfugié ici hier soir, après l'émission de radio transformée en programme pour la télévision. Il était très énervé et il a juré qu'il quitterait la tribu coûte que coûte. Alors Zorus a fait enlever Rose immédiatement, pour le faire chanter. Elle est ici, vous le saviez ?

— Je l'ai vue. Mais, dites-moi, comment

est-ce que Zorus a fini par découvrir où Romano cachait la fameuse substance ?

— Par la ruse. Il a envoyé Nitaka porter à Édith Struthers un message oral de son mari : pour prouver qu'elle voulait le revoir, elle devait remettre la précieuse substance à la porteuse du message. Folle de joie, la pauvre jeune femme lui a aussitôt remis la poupée sans se méfier. Nitaka est aussi habile que méchante et cruelle.

Une voix s'élève à l'extérieur de la tente. C'est Zorus qui revient.

— Je me sauve ! chuchote Henriette Bostwick en soulevant le rideau.

Elle a tout juste le temps de disparaître que Zorus entre, accompagné de quatre hommes.

— Mettez cette fille dans la première voiture ! ordonne-t-il. Dans la seconde, vous emmènerez Romano et la petite.

Des bras robustes soulèvent Alice. Malgré sa résistance, les quatre hommes lui attachent les poignets et les chevilles et la bâillonnent avant de la déposer sur le plancher d'un camion. Puis ils jettent une couverture sur elle.

Désespérée, la jeune détective sent la voiture démarrer vers une destination inconnue !

chapitre 24

Double victoire

Pendant une bonne demi-heure, Alice est ballottée d'un côté à l'autre du camion avant de réussir à dégager sa tête des plis de la couverture. Mais les vibrations, et le mouchoir qui gêne sa respiration, lui donnent la nausée.

« Si seulement papa était arrivé à temps ! » se répète-t-elle.

Soudain, alors qu'elle va perdre connaissance, le camion s'arrête brutalement. La portière arrière s'ouvre et un homme bondit à l'intérieur du véhicule. Un policier en uniforme !

— Elle est ici ! crie-t-il en coupant rapidement les cordes qui l'entravent.

Il aide la jeune fille à se mettre debout. James Roy apparaît, la prend dans ses bras et la serre contre lui.

— Il était temps ! soupire-t-elle avec humour, en s'accrochant à son cou.

Quand il desserre enfin son étreinte, elle demande :

— Le chauffeur de taxi t'a bien téléphoné alors ?

— Oui, répond M. Roy, les traits encore tendus par les heures terribles qu'il vient de vivre. En apprenant que tu me réclamais d'urgence, je me suis douté que tu courais un danger et j'ai appelé la police de River City. Je suis venu avec un inspecteur, dans l'hélicoptère du commissariat. Une équipe de la police d'Aiken nous a rejoint à notre arrivée.

— Mais comment est-ce que tu as deviné où ils m'emmenaient ?

— Gus Frankey nous a menés jusqu'au campement des gitans, d'assez mauvaise grâce d'ailleurs, il avait l'air énervé... Là-bas, une certaine Henriette Bostwick m'a abordé discrètement. Elle m'a indiqué la direction à suivre.

La jeune fille fait aux policiers un rapide compte rendu de ses mésaventures et de ses découvertes. Finalement, les agents embarquent Zorus, Anton et Nitaka dans une voiture cellulaire. Rose et Romano sont, eux aussi, libérés et partent avec les Roy dans une des voitures de police.

Au passage, à Aiken, Alice téléphone à Mme Struthers pour la prévenir que sa petite-fille est saine et sauve. Elle appelle ensuite Mme Taylor, qui lui explique que Bess et Marion sont rentrées à River City en train. Rassurée sur le sort de ses amies, la jeune fille rejoint les autres et les invite à monter dans son cabriolet, qui l'attend toujours à côté de la compagnie de taxis. M. Roy prend le volant et Alice s'assied à côté de lui.

Pendant le trajet, Rose et son père ne se quittent pas des yeux. La belle poupée qui a causé tant de tracas repose à côté d'eux, dans un grand carton.

Au bout d'un moment, Alice se tourne vers Romano.

— Monsieur Pepito, commence-t-elle, avant de mourir, votre femme a supplié sa mère de retrouver une certaine poupée pour Rose. C'est bien celle-là ? Est-ce qu'elle contient une substance, qui dégage une certaine forme d'énergie ?

— Oui, je ne sais pas de quoi ce produit est constitué, mais il soulage presque toutes les maladies. J'avais demandé à Édith de ne jamais se séparer de cette poupée. Malheureusement, Nitaka lui a tendu un piège et elle la lui a remis alors même qu'elle était très malade.... Si Édith a demandé qu'on la retrouve, c'est qu'elle devait penser que ce produit serait une source de revenus appréciable pour notre petite Rose. Mais, vous savez, l'argent ne m'intéresse pas beaucoup. La musique est mon unique passion. C'est pour ça que je n'ai jamais vraiment pensé à aller rechercher cette substance dans la montagne de la Griffe d'Ours, où mon père l'a découverte.

Voyant la tristesse creuser les traits de Romano à l'évocation de la femme qu'il a tant aimée, la jeune fille change de sujet et lui parle des dons de sa fille. Rose dévore son père du regard. Encore sous le coup des heures angoissantes qu'elle vient de vivre, elle reste calme et douce.

— Tu viens avec moi chez mamie ? demande-t-elle en lui prenant tendrement la main.

— Tu crois qu'elle a vraiment envie de me voir ?

Alice se retourne une nouvelle fois vers lui, avec un sourire lumineux.

— Mme Struthers m'a dit au téléphone qu'elle attendait avec impatience de vous serrer tous les deux dans ses bras.

Devant la villa des Struthers, Rose tente de persuader les Roy d'entrer. Avec délicatesse, ils refusent et déposent les Pepito à la grille.

— Je viendrai vous voir dans quelques jours,

promet la jeune détective en leur disant au revoir. J'espère avoir une surprise pour vous. Il me reste encore une partie du mystère à élucider.

Après s'être fait dorloter par Sarah, la jeune fille tombe sur son lit où elle dort plus de dix heures. Elle se réveille fraîche et reposée. Bess et Marion apparaissent alors qu'elle sort tout juste du lit.

— Tu as osé trouver la solution de l'énigme sans nous, gronde Marion en pointant sur elle un doigt accusateur. Je ne te le pardonnerai jamais !

Puis elle éclate de rie.

— Raconte-nous tes aventures, s'impatiente Bess. Tu devais être morte de peur !

— Ne m'en parle pas ! convient Alice en riant.

Elle relate les divers épisodes de son épopée.

— Au fait, tu sais quel jour on est ? lance tout à coup Marion.

— Le jour des régates ! J'allais oublier ! s'écrie son amie après une seconde de réflexion. Bah, de toute façon, on n'a plus de bateau.

— Erreur ! corrige son amie. Sam Pickard a veillé toute la nuit pour terminer les réparations. On a déjà fait une sortie tôt ce matin, Bess et moi. Le voilier file comme le vent !

Ravie de la nouvelle, Alice s'habille en un rien

de temps et les trois amies se dépêchent de gagner le club. Elles enfilent leurs tenues de bateau, embarquent et hissent la voile. Alice prend la barre.

— Ce voilier est une merveille ! s'exclame-t-elle au bout de quelques minutes de navigation.

— Si seulement il pouvait aller aussi vite pendant la régate, soupire Marion.

— Il vaut mieux rentrer. C'est bientôt l'heure ! crie Bess.

Un peu plus tard, les voiliers qui doivent participer à la compétition s'alignent. Un coup de sifflet retentit pour annoncer le départ. Tenant la barre d'une main sûre, Alice s'élance sur l'eau. Bien secondée par Bess et Marion, qui exécutent ses ordres avec doigté, elle dépasse *Le Lass* et finit la course en tête. L'arrivée de *La Divine* est triomphale.

— On a gagné, on a gagné ! hurle Bess dans une explosion de joie. Et on a vexé cette peste de Phyllis !

Des acclamations s'élèvent de la rive. Alice et ses équipières sont accueillies par une ovation. La journée se termine avec un repas qui réunit tous les participants aux régates. Les trois amies sont les stars incontestées de la soirée.

Trois jours plus tard, elles se rendent chez les Struthers. Une passagère les accompagne dans la voiture. Élégante et bien coiffée, elle a l'air radieuse.

— Je me demande si Romano va me reconnaître, pouffe-t-elle au moment où le cabriolet s'arrête devant le perron. Je suis si heureuse, Alice. J'ai hâte de commencer à travailler dans cette boutique où vous m'avez fait engager. Je vais passer mes journées à tisser et à broder des tissus comme je l'aime. Tiens, voici Rose !

La petite fille dévale en effet les marches à leur rencontre.

— Alice, devinez la nouvelle ? J'ai encore du mal à le croire. Mon papa a revu son ami, Alfred Blackwell. Il m'a écoutée jouer et il va nous présenter tous les deux à un imprésario !

— C'est formidable ! s'enthousiasme la jeune fille, en embrassant l'enfant. Voici toutes les poupées volées, ajoute-t-elle, en lui tendant un gros paquet, que lui a confié le commissaire de police. Cours les ranger à leur place !

Dans le salon, Mme Struthers s'entretient affectueusement avec son gendre. Elle accueille les arrivantes avec effusion. Romano contemple, incrédule, Henriette Bostwick.

— Vous êtes méconnaissable ! admire-t-il. Alice, nous ne vous remercierons jamais assez de ce que vous avez fait pour nous tous.

— Peut-être que si... en partie du moins,

intervient Mme Struthers. Alice, avez-vous rapporté... ?

Pour toute réponse, la jeune fille lui tend une grosse enveloppe trouvée par les policiers dans la tente de Nitaka. Mme Struthers l'ouvre : elle contient ses pierres précieuses.

— Choisissez celle que vous préférez, la prie Mme Struthers.

— Oh ! non, je ne veux rien, proteste la détective. Ma meilleure récompense est de vous voir tous heureux. D'ailleurs, ces pierres appartiennent au vieil album. Je préfère qu'elles reprennent leur place.

Mme Struthers semble plongée dans ses réflexions.

— Alice, dit-elle enfin, je tiens à ce que vous conserviez un souvenir de cette aventure, qui n'a pas été sans danger pour vous. Acceptez au moins l'une de mes poupées. Laquelle vous plairait ?

— Pas le duelliste avec son épée empoisonnée ! s'écrie Bess.

— Non, dit en riant Mme Struthers. Mais que diriez-vous de la dame à l'éventail, Alice ?

— Je serais ravie, répond la jeune fille tout heureuse. Je la garderai toujours en souvenir de vous. Au fait, j'allais oublier de vous remettre ceci.

Elle sort de son sac une seconde enveloppe, froissée, mais dont les cachets de cire sont intacts. Voyant cela, les yeux de Mme Struthers se remplissent de larmes.

— La photographie et la lettre volées avec mon sac ! Merci, merci ! C'étaient les souvenirs de ma fille dont je ne me séparais jamais.

— J'ai demandé aux policiers d'interroger Anton à ce sujet, explique Alice. Il a avoué qu'il les avait abandonnées dans une tente, au campement de gitans. Les agents les ont trouvés très vite...

La jeune fille se tait un instant, puis ajoute avec un sourire :

— Personne n'y a jeté un regard. Leur secret n'a pas été violé...

Table

« Pour l'éditeur, le principe est d'utiliser des papiers composés de fibres naturelles, renouvelables, recyclables et fabriquées à partir de bois issus de forêts qui adoptent un système d'aménagement durable. En outre, l'éditeur attend de ses fournisseurs de papier qu'ils s'inscrivent dans une démarche de certification environnementale reconnue. »

Composition JOUVE - 62300 Lens

Imprimé en Roumanie par G. Canale & C.S.A.
Dépôt légal : août 2006
Achevé d'imprimer : juillet 2012
20.07.1188.0/03 – ISBN 978-2-01-201188-5
Loi n° 49-956 du 16 juillet 1949
sur les publications destinées à la jeunesse